KRÜGER UND DER FAUCHENDE DRACHE

ARNE SIEBERT

KRÜGER UND DER FAUCHENDE DRACHE

ROMAN

Bibliografische Information der Deutschen Nationalbibliothek:
Die Deutsche Nationalbibliothek verzeichnet diese Publikation in
der Deutschen Nationalbibliografie; detaillierte bibliografische Daten
sind im Internet über dnb.dnb.de abrufbar.

*Die automatisierte Analyse des Werkes, um daraus Informationen
insbesondere über Muster, Trends und Korrelationen gemäß §44b UrhG
(»Text und Data Mining«) zu gewinnen, ist untersagt.*

© 2024 Arne Siebert

Covergestaltung und Illustration: Joerg Crone; crone-wa.de
Satz und Verlag: BoD · Books on Demand GmbH,
In de Tarpen 42, 22848 Norderstedt

Druck: Libri Plureos GmbH, Friedensallee 273, 22763 Hamburg

ISBN: 978-3-7693-2971-1

INHALT

AUSGEHHOSE

Krüger, dessen Körper der liebe Gott nur aus Vierecken gebaut hatte, lag nur mit einer Unterhose bekleidet auf dem Bauch auf dem feuchten Rasen und lauschte. Sein viereckiger Kopf drehte sich. Langsam. Von rechts nach links. Adlerblick. Ob sich irgendwo jemand regte, der ihn bemerken könnte. Wenn er passende Schuhe angehabt hätte, dann in Größe 43. Seiner Länge von 1,80 Meter angemessen. Ballen, Ferse, Zehen: allesamt Vierecke. Alle sprintbereit. Ebenso die kräftigen Waden, viereckig wie die Oberschenkel. Krüger ist 19 Jahre alt und im Vollbesitz seiner Kräfte.

Halbnackt also in einem fremden Garten. Die Pobacken angespannt. Zwei perfekte Quadrate. Krügers Rücken war braunrot gebrannt von der harten und stundenlangen Arbeit im Freien. Die Schulterblätter: zwei Vierecke. Und was für welche. Seine Hände: Pranken mit natürlich viereckigen Fingergliedern. Er drückte sie, wie ein Sprinter kurz vor dem Startschuss, in den Boden. Ober- und Unterarme, natürlich auch viereckig. Pakete aus Muskeln, leicht abgewinkelt. Zu allem bereit, was jetzt oder in Kürze nötig war, um unbemerkt oder zumindest unerkannt zu bleiben. Gleich geht es los, dachte Krüger. Seine rechte Gesichtshälfte lag im Gras. Krüger bestaunte den sorgfältig auf einer Höhe frischgemähten Rasen. Kaum ein Halm überragte die anderen. Die müssen mit einer kleinen Schere nachgearbeitet haben, dachte Krüger. Mit Rasen kannte er sich aus. Gartenarbeiten gehörten zu seinem Bauchladen, mit dem er sich ernährte. Mehr die groben Sachen: mähen, umgraben, sägen, Wurzeln ausgraben. Das gemähte Gras war hier akribisch mit einem Rechen entfernt worden. So klebte an Krügers nackter Haut kaum ein Grashalm. Die Kante zu den Beeten war lückenlos mit Steinen befestigt. Dazwischen komplettierten alle fünf, sechs Meter Gartenzwerge aus Ton das Klischee eines typisch deutschen Gartens. Rote Zipfelmützen, weiße Bärte. Sie hielten Schaufeln, Spitzhacken oder Schubkarren in ihren kleinen Händen und, so kam es Krüger vor, beobachteten jede seiner Bewegungen. Schließlich waren Gartenzwerge einst erfunden worden, um Diebe abzuschrecken. Das wusste Krüger. Auch damit kannte er sich aus. Denn Diebstahl gehörte ebenfalls zu seinem breit gefächerten Bauchladen. Die Familie, in deren Garten er lag, besaß keinen Hund. So etwas brachte Krüger als erstes in Erfahrung, wenn er etwas ausheckte.

Da waren also nur die Gartenzwerge, und die waren natürlich kein Problem. Es war ruhig. So ruhig, dass Krüger die Mücke hören konnte, die über ihm kreiste, offenbar auf der Suche nach der perfekten Einstichstelle in seinem Körper. Von ihr war Krüger natürlich nicht begeistert, doch er durfte sich und sein Versteck hinter den vier Buchsbäumen jetzt nicht durch hektische Abwehrbewegungen verraten. Die Mücke wurde lauter und lauter, näherte sich im Sturzflug Krügers linkem Ohr und machte nun Lärm wie ein Flugzeug. Sie landete auf Krügers linkem Ohr. Das war zu viel. Krügers Linke schlug blitzartig zu, doch die Mücke war schneller. Flüchtete. Noch ohne zu stechen.

Doch dann ein anderes Geräusch. Ein Knarzen. Die etwa 15 Meter entfernte Terrassentür. Sie ging auf. Krüger presste sich noch flacher auf den Rasen. Noch schützten ihn die Buchsbäume zu seiner Linken vor den Blicken der Bewohner des Hauses. Die Buchsbäume waren einen halben Meter hoch und zu perfekten Kugeln getrimmt. Krügers quadratischer Schädel, der Bürstenhaarschnitt ließ ihn noch viereckiger erscheinen, drehte sich wieder nach links. Er lugte durch die zehn Zentimeter große Lücke zwischen den Buchsbäumen hindurch. Eine Frau um die 50 kam heraus und schüttelte auf der Terrasse eine Tischdecke aus. Die Terrasse war aus Natursteinen gepflastert, wie der Weg zur Wäscheleine. Alle exakt in gleichem Abstand von schätzungsweise 20 Zentimetern. Sehr ordentlich verlegt, fand Krüger.

Mit dem denkbar kritischsten Hausfrauenblick inspizierte sie die nun zumindest krümelfreie Tischdecke. Dann sah sie die Flecken. Sie schüttelte den Kopf, warf die Tischdecke auf den Terrassenboden und marschierte schnurstracks über den Natursteinweg in Richtung Wäscheleine. Also direkt auf Krüger zu. Das hatte er nicht kommen sehen. Auf der Wäscheleine hing in der Tat eine frische Tischdecke. Aber wohin so schnell verschwinden? Krüger tat das einzig Mögliche. Er drückte sich mit beiden Händen und einem Fuß ganz sachte vom Boden ab. Kroch, in der Körperhaltung einem Frosch gleich, nun aber rückwärts. In Richtung Gartenteich. In dem hatte er sich kurz zuvor noch die Füße gewaschen. Die Frau kam näher. Noch schützten ihn die nur einen halben Meter hohen Buchsbäume. Schnell weiter rückwärts. Ein Fuß war schon im Teich. Jetzt der zweite. Krüger musste so flach am Boden bleiben wie möglich. Die Frau war keine zehn Meter mehr entfernt. Krüger machte noch einen Froschschritt. Sein Unterkörper glitt in den Gartenteich. Der war nicht allzu tief. Vielleicht einen halben Meter. Und schön kühl. Die Frau war jetzt so nah, dass sie über die Buchsbäume hinweg gucken konnte. Krüger machte noch zwei Froschschritte nach hinten. Unterer Rücken im Wasser. Dann der ganze, dann sein Kopf. Die Frau befand sich jetzt auf seiner Höhe. Krüger tauchte unter.

Drei mittelgroße Goldfische hatte er beim Waschen gezählt. Nun waren sie also zu viert. Krüger sah zwei von ihnen direkt vor seinen Augen. Sie wedelten mit den Schwanzflossen und wechselten mehrfach hektisch die Richtung, offenbar wenig angetan vom plötzlichen Besuch in ihrem Zuhause. Doch wo sollten sie auch hin. Die Plane, die den Gartenteich vom Erdboden trennte, war mit drei schweren Steinen auf dem Grund befestigt. Krüger hielt sich an zwei von ihnen fest, um nicht aufzutauchen. Krüger zählte die Sekunden. Er war endgültig zum Frosch geworden. Auch in seinem Kopf. Wie lange brauchte eine ordentliche deutsche Hausfrau, um eine Tischdecke von der Wäscheleine zu nehmen? Krüger, und das war abgesehen von seiner Körpergröße so ziemlich das Einzige, was ihn in diesem Moment noch von einem Frosch unterschied, zählte: 4,5,6. Das Wasser war halbwegs klar, er versuchte, die Augen geöffnet zu halten. direkt vor ihm wendeten die hektischen Goldfische. Sie konnten seitlich nicht an ihm vorbei. Dafür war es zu eng im Teich. Er sah die Umrisse der Frau. 8,9,10. Dreißig Sekunden Luftanhalten müssten zu schaffen sein. Hauptsache, sie blickte nicht zum Teich. 14,15,16. Natürlich nahm die Frau das Tischtuch nicht einfach von der Leine. Sie legte es für den kurzen Transportweg zurück zum Haus erst einmal ganz ordentlich zusammen. So etwas hatte Krüger schon befürchtet, aber er konnte ihre Bewegungen wegen der aufgeregten Goldfische nicht klar sehen. 21,22,23. Krüger atmete unter Wasser vorsichtig aus, um beim Auftauchen sofort Luft holen zu können. Luftblasen stiegen nach oben. Dann steckte die Frau die drei Wäscheklammern zurück auf die Leine. 27,28,29. Krüger ging nun die Luft aus. Sie seufzte. 32,33,34. Endlich machte sie sich auf den Rückweg. 37,38. Krüger tauchte auf. Nahm einen tiefen Zug norddeutsche Luft. Er sah die Frau von hinten. Sie marschierte entschlossen über die Steinplatten zurück zum Haus.

Krüger in Liegestützhaltung. Er watschelte im Zickzackrhythmus wieder Richtung Ausgangsposition Buchsbäume. Nur war er jetzt nass. Ihm egal. Nichts konnte ihn von seinem

Plan abbringen. Der Wind würde ihn schon trocknen. Oder er schnappte sich gleich eines der Laken oder Handtücher von der Leine, um sich trocken zu rubbeln. Er blickte nach links. Die Frau hielt inne und drehte sich. Die Tischdecke in der linken stemmte sie die rechte Hand in die Hüfte und inspizierte Blumen, Beete und Rasen. Sie lächelte, offenbar zufrieden mit der kunstvoll hergestellten Ordnung im ganzen Garten. Dann wendete sie schwungvoll in Richtung Haus und betrachtete die Tischdecke, die sie natürlich noch kurz würde bügeln müssen, bevor das Abendessen serviert werden konnte.

Es war noch hell, der Himmel wolkenlos, die Vögel zwitscherten ihr Abendlied. Idylle in Ostfriesland. Dieses typische norddeutsche Bild, wie ein ewig gleiches Gemälde mit den immer selben Motiven, in dem es nur vier Farben gibt: blauer Himmel, grün das Gras und die Blätter, braune Baumstämme und die roten Dächer der ebenso rot geklinkerten Bauernhäuser. Die Frau verschwand durch die Terrassentür ins Innere des Hauses. Krüger wartete. Durch das große Wohnzimmerfenster konnte er sehen, wie die Frau das Bügelbrett ausbreitete. Ordnung musste offenbar sein. Um sie herum die anderen Familienmitglieder. Viele Augen also. Der Wind blies um Krügers nasse, nackte Haut. Eigentlich war Krüger ein ungeduldiger Mensch. Erst recht, wenn er einen diebischen Plan hatte. Aber wenn er etwas gelernt hatte in all den Jahren, dann, dass zu jedem Plan der richtige Moment gehört. Stunden seines Lebens hatte er auf diesen richtigen Moment gewartet. Beim Hasenjagen. Beim Verstecken, wenn er jemandem auflauerte, um ihm die Nase zu polieren. Oder wenn er etwas gestohlen hatte und man ihn suchte.

Krüger sah durch das große Panoramafenster, wie das Tischtuch ausgebreitet und der Tisch gedeckt wurde, die ganze Großfamilie wuselte herum. Die Terrassentür blieb geöffnet. Er hörte, wie Teller und Besteck ihren Platz fanden. Man war vergnügt, was Krüger nicht wunderte. Das große Samstagabendessen stand bevor. Ihm knurrte der Magen. Später, dachte Krüger. Erstmal was anziehen. Alles zu seiner Zeit. Erst mal innehalten. Ruhe bewahren. Den perfekten Moment abwarten. Es war noch zu früh, um sein Manöver zu starten. Denn nun kam das Essen. Man setzte sich. Bis auf die Frau. Sie servierte im Stehen und blickte dabei immer wieder nach draußen. Krüger hoffte auf die Flimmerkiste. Er wartete und tatsächlich stand der Familienvater auf, ging einmal um den Tisch herum und schaltete den von Holz umrahmten großen Kasten ein.

1959. Das Fernsehen eroberte seit einigen Jahren die Wohnzimmer, auch in Ostfriesland. Fünf Stunden Programm gab es seit Ende der 50er Jahre. Die Quizschau mit Kuhlenkampf stand an, die große Samstagabendshow. Krüger hatte natürlich kein solches Gerät. Aber jeder kannte die Sendung. Und den Moderator. Und dessen Sprüche. »Den Indianern gab man Feuerwasser, um sie einzulullen«, sagte Kuhlenkampf immer, »uns gab man das Fernsehen.« Die Gespräche am Esstisch verstummten und alle starrten gebannt auf den Fernseher. Das war Krügers Chance. Aber besser nicht zu eilig zu Werke gehen, dachte er. Er stemmte die linke Hand auf den Boden und machte den ersten Schritt. Ganz flach. Immer noch wie ein riesiger, viereckiger Frosch. Diesmal vorwärts. Den Oberkörper so nah am Boden, dass seine Brustwarzen mit dem nassen Rasen in Tuchfühlung blieben. Krüger blickte nach links. Versicherte sich, dass der Fernseher weiterhin alle Augen wie ein Magnet anzog. Noch zwei Froschschritte und ihn schützte keine Buchsbaumhecke mehr. Sollte jemand durch das Terrassenfenster in Richtung Garten gucken, würde man ihn sofort sehen: den halbnackten Mann, der da auf so merkwürdige Weise über den Rasen kroch.

Krüger musste es riskieren. Der Samstagabend war eingeläutet und er wollte nicht mehr lange fast nackt sein. Die Wäscheleine war noch gute zehn Meter entfernt und Krüger hatte schon eine weiße Unterhose, ein Unterhemd und ein ebenfalls weißes Oberhemd ausgemacht, die da frisch gewaschen im leichten warmen Sommerwind trockneten. So wie Krügers Haut. Er besaß nur schmutzige, halb zerfetzte Arbeitsklamotten. Damit konnte er sich an einem Samstagabend in keinem Tanzlokal blicken lassen. Seinen zerschlissenen Blaumann hatte er kurz vor Erreichen des Gartens in einer Astgabel deponiert. Krüger kannte die Bewohner, die alten und die jungen Schmidts, die Wäscheleinenrecherche gehörte zur Vorbereitung seiner eigenen, persönlichen, selbstgemachten großen Samstagabendshow. Krüger wusste, bei wem samstags Waschtag war und auf welcher Wäscheleine welche Kleider in welchen Größen zu finden waren. Diebe betrachten die Welt mit anderen Augen. Er kannte so gut wie alle Wäscheleinen im Dorf, denn er brauchte natürlich immer eine andere. Hätten die Leute sein Ritual durchschaut, würde samstags im ganzen Dorf wohl keine einzige Waschmaschine mehr angeworfen.

Krügers Lösungswege waren schon immer etwas kreativer als die der anderen. Zumindest anders. Wenn er nicht weiterwusste, dann blickte er gen Himmel und bat seinen lieben Gott um eine Eingebung. »Zeig mir den Weg«, lautete sein verkürzter hilfloser Psalm. Das war das Einzige, was er aus der Bibel aufgeschnappt hatte, außer dem Vaterunser, das er in Bruchstücken beherrschte. »Wie soll ich ausgehen, wenn ich keine Klamotten dafür habe?«, hatte er, Gesicht nach oben, einmal laut vor sich hingesagt. Die von seinem lieben Gott erbetene gedankliche Hilfe kam dann meistens prompt: In diesem Fall »Wäscheleinen.« Allerdings dachten die meisten, die Krügers Weg gekreuzt hatten, dass er seine Einfälle eher vom Teufel als vom Herrgott bekomme. Krüger selbst wusste nicht, wie das mit den Eingebungen genau funktionierte. Er hoffte einfach, dass sein lieber Gott ihn sah und erhörte, wenn er um Hilfe bat. Als kleinen Ausgleich für das harte Leben, das man ihm auferlegt hatte. Das wäre nur gerecht, dachte Krüger. Der liebe Gott war gewiss kein Halunke, das konnte Krüger sich beim besten Willen nicht vorstellen, aber er half offenbar den armen Leuten, zumindest wenn sie nichts allzu Böses im Schilde führten. Mit den Konsequenzen hatte dann ja er selbst zu leben. Krüger hatte aber keine Ahnung, wie das eigentlich ablief: der Weg von seinem Gehirn zu seinem Mund, von da zum Himmel und zurück. Krüger wusste nur, dass er, wenn er vor einem Problem stand, immer wieder plötzlich so verrückte Ideen hatte.

Der alte Schmidt am Esstisch war ein wenig korpulenter als er selbst. Aber besser die Kleidungsstücke auf der Leine waren ein Stück zu weit als zu eng. Krügers viereckige Körperteile brauchten Platz, wenn sie in Bewegung gerieten. Ein Erfahrungswert. Sonst sprangen ihm wohlmöglich beim Tanzen, Wetttrinken, Armdrücken oder bei einer immer möglichen Wirtshausschlägerei später wieder die Knöpfe auf, oder das Hemd platzte beim bloßen Anspannen seiner Muskeln, und dann wäre der Abend ja schon wieder gelaufen.

Krüger hatte gerade mal fünf seiner Froschschritte hinter sich. Seinen Blick immer starr nach links Richtung Terrassenfenster gerichtet. Ein Frosch kann das 25fache seiner Körperlänge mit einem einzigen Satz bewältigen. Das zu können wäre schön, dachte Krüger, dann wäre er mit nur einem Sprung bei der Wäscheleine. Er schwebte nun, nur von Bein- und Armmuskeln gehalten, halbnackt über dem gut einsehbaren Rasen. Als hätte man ihn am Himmel mit einem Seil befestigt, das kurz vor dem Erdboden endete. Mit dieser Nummer hätte er definitiv auch im Zirkus auftreten können. Aber er war nicht zur Belustigung anderer hier, sondern zum Anziehen. Es gab jetzt kein Zurück mehr. Krüger beschleunigte seinen Froschmarsch. Noch fünf, vier, drei Meter bis zur Wäscheleine. »Seiner« Wäscheleine. Er konnte die

Wäsche schon riechen. Frisch aus der Maschine. Seit zehn Jahren drängten die vollautomatischen Apparate die Großwäschereien aus dem Weg. Wer was auf sich hielt, gönnte seiner Frau eine Waschmaschine. Kein Eingreifen war mehr nötig zwischen den einzelnen Prozessschritten. Das verringerte den menschlichen Zeitaufwand erheblich. Die Zeit, die die Hausfrauen mit der Wäsche verbrachten, blieb trotzdem fast gleich. Denn nun stiegen die ästhetischen und hygienischen Ansprüche an die Sauberkeit der Wäsche. Die Frauen stärkten die Wäsche vor dem Bügeln. Das kostete Zeit. Aber die hatten die Hausfrauen ja, sagte zumindest die abendliche Werbung. Und tagsüber gab es ohnehin noch kein Fernsehprogramm, mit dem sie sich anderweitig hätten vergnügen können.

Krüger war angekommen. Doch er zögerte. Die große Tischdecke in der ersten Reihe, die ihn vor allen Blicken aus dem Wohnzimmer geschützt hätte, war ja nun weg. In der zweiten Reihe, zu seinem Glück, ein nicht ganz so großes Laken. Fünf Schiesser-Unterhosen hingen über ihm in Reihe drei. Der weiße Feinripp-Slip war noch voll in Mode, er war kochfest und musste nicht gebügelt werden, der praktische Gummibund ersparte den Hausfrauen das lästige Knopf annähen. Die Firma Schiesser selbst nannte ihr Produkt deshalb in ihrer Werbung mit Blick auf die Frauen »ein Geschenk des Himmels«.

Hätten sie bei Schiesser von Krügers Ankleidetour gewusst, wer weiß, was daraus für ein spannender Werbeclip hätte werden können. Aber die Zeit war noch nicht reif für solche Videos. Krügers Hand schnellte nach oben, griff sich zunächst eine Unterhose, er zog seine nass gewordene aus und schlüpfte hinein. Die weiße Büx saß hauteng. Krüger brauchte noch das passende Unterhemd, Feinripp galt dank Schiessers Marketing seit den frühen 50ern bei Männern ebenfalls als der Modestandard. Krüger löste wieselflink zwei Wäscheklammern, nahm sich ein

Unterhemd von der Leine und zog es über den Kopf. Das Unterhemd saß hauteng. Krügers Brustmuskeln und sein Bizeps hätten noch eine Nummer größer gebrauchen können, aber das Leben ist kein Wunschkonzert, dachte Krüger. Er fühlte sich wohl in den frisch gewaschenen Sachen, die, so sah er das, jetzt schon »seine« Sachen waren. Sie rochen nach Persil, das im selben Jahr 1959 als erstes synthetisches Vollwaschmittel eingeführt worden war und dank einer geballten Werbekampagne in Funk und Fernsehen rasch in immer mehr Haushalten Einzug hielt. In der Werbung war das Waschen mit Persil keine Plage, sondern etwas Leichtes und Angenehmes, das den Frauen Freude bereiten konnte. Mit allen rhetorischen Tricks wurde die Wäsche als wundervoll, weich und wohlig dargestellt, fünfmal pro Spot wurde der Name »Persil« wiederholt, bis sich die Alliteration und der Produktname in die nunmehr weichgespülten Hirne der Fernsehzuschauer und Kunden eingraviert hatten. Die Werbespots machten den Frauen erfolgreich ein schlechtes Gewissen: »Die Wäsche wird nicht weiß, wenn du nicht Persil benutzt.« Das funktionierte, weil die Werbung die Damen noch als ergebene Hausfrauen darstellte, bevor sie ein paar Jahre später im Fernsehen zu Karrierefrauen oder Sexobjekten wurden. Oder wie Kuhlenkampf sagte: »Die Leute sind gar nicht so dumm, wie wir sie durch das Fernsehen noch machen werden.«

Krüger blickte zum Wohnzimmer. Niemand hatte ihn bemerkt. Er konnte sich einen kleinen Freudentanz nicht verkneifen. Adrenalinschub oder Übermut: Zwei Rock 'n' Roll-Schritte links, zwei rechts. Der Ausgehabend konnte kommen. Das feingerippte Material nähme Körperflüssigkeit gut auf, hieß es in der Schiesser-Werbung. Krügers Männerschweiß würde später auf der Tanzfläche also auf wohlige Weise einfach versickern.

Ein Paar Socken knüllte er sich in die Unterhose, auch die nasse alte Unterhose nahm er vorsichtshalber mit. Besser keine

Spuren hinterlassen. Dann noch das weiße Hemd. Krüger glitt, inzwischen wieder fast trocken, schnell in die Ärmel, zum Zuknöpfen fehlte die Zeit, aber es schien zu passen, er hatte ein gutes Auge gehabt. Sein gewaltiger Oberkörper, dessen dazugehörender Bauch damals noch gerade nach unten verlief, sagte »ja« zu diesem Ausgehhemd.

Prächtig, dachte Krüger, fehlten nur Ausgehhose und Schuhe. Die gab es anderswo. Nicht auf einer Wäscheleine. Jetzt erst mal nichts wie weg hier, dachte Krüger. Er duckte sich und blinzelte um das Laken herum in Richtung Esszimmer. Die Familie saß wie hypnotisiert vor dem Flimmerkasten. Es schien, als könne nur ein lauter Knall sie aufwecken. Krüger atmete durch und watschelte im Entenmarsch zur anderen Seite des Gartens. Er schlüpfte durch den Bretterzaun in das angrenzende Maisfeld. Die Schmidts hatten zum Glück nichts gemerkt. Das Anziehmanöver war bisher ein voller Erfolg. Schade, dass man sich nicht immer bei den gleichen Leuten anziehen kann, dachte Krüger. Dann war beim nächsten Mal halt eine andere Familie dran. Oder wie Kuhlenkampf zu sagen pflegte: »Die Zahl der Menschen, welche mich am Arsch lecken können, wird jeden Tag größer.«

Eine Anzughose aufzutreiben war ein größeres Problem. Anzughosen wurden nicht in Waschmaschinen gewaschen, hingen also auch nicht auf einer Leine. Da hätte er schon in ein bewohntes Haus einbrechen müssen oder in der Reinigung. Oder in ein Geschäft. So weit ging Krüger nicht. Er war damals erst auf dem Weg, ein Halunke zu werden. Kein Krimineller. Nur ein Halunke. Ein gewisses Rechtsbewusstsein war bei ihm noch vorhanden. Das lag weniger an seiner Erziehung. So richtig erzogen hatte ihn ja keiner. Vielmehr an den wiederholten Vorladungen aufs Polizeirevier. Die Dorfpolizisten nahmen ihn jetzt öfter in die Mangel. Störenfriede konnten sie in ihrem ruhigen Dorfleben nicht gebrauchen. Krüger war kein Anarchist in dem Sinne. Zumindest nicht in seinem Kopf. Ideen musste man sich leisten können. Und Ideen waren eben nur Ideen. Die Realität war eine andere Sache. Er war auch kein Kommunist, der für Umverteilung von Reichtum oder Unterwäsche eintrat. Wer Ideen hatte, dem ging es auch um die Mitmenschen. Krüger hatte genug damit zu tun, erst mal selbst klarzukommen. Er hatte schlichtweg ganz normale menschliche Bedürfnisse. Wie zum Beispiel samstags auszugehen. Und da man das nun mal gut gekleidet tun musste, war er bereit, sich diesen gesellschaftlichen Zwängen anzupassen. Klamotten zu klauen war dann einfach die logische Folge. Wenn in seinem Schrank keine hingen, dann auf der Wäscheleine von jemand anderem. Davon ging die Welt nicht unter, schon gar nicht für jemanden, der zwei, drei oder gar fünf Unterhemden hatte. Strafbar war nur, wobei man sich erwischen ließ. Dann musste man büßen, das kannte Krüger zu genüge. Aber in seinen Augen büßte man nicht für das Vergehen, sondern für die eigene Blödheit, erwischt worden zu sein. Krüger konnte das nicht ausstehen, und das war die schlimmste Strafe: dass er dann sauer auf sich selbst wurde. Weil er in seinen Augen mal wieder versagt hatte. Weil er nicht clever genug gewesen war. Weil er nicht gut genug getrickst und sich nicht gut genug versteckt hatte.

Krüger huschte durch das Maisfeld. Immer noch barfuß. Er kannte jeden Meter. Hatte seine ganze Kindheit hier verbracht. Dann über die Straße. Auf der sich schon die ersten Dorfbewohner in Richtung der drei Gasthäuser bewegten. Vermutlich die, die noch keinen Fernseher hatten oder keine Freunde, bei denen sie gucken konnten. Abendstimmung. August, schön warm. Krüger wartete. Schließlich kannte man ihn. So viel schlechten Ruf hatte er sich im Dorf schon in ganz jungen Jahren erarbeitet. Krüger war damals wie gesagt noch kein richtiger Halunke. Aber er war eben dabei, einer zu werden. Krüger also hinter der Linde. Ein Mann in Schießer-Feinripp. Auf der Straße: verliebte Pärchen, aufgetakelte junge Frauen und gut gelaunte Männer. Krüger hatte längst aufgehört, neidisch auf die anderen zu sein. All die Sorglosen, die seine Probleme nicht hatten. Ihr Leben war ihr Leben und seines war seins. Probleme waren für ihn Aufgaben, für die er eine Lösung finden musste. Das hatte er sich so überlegt. Es war sozusagen Krügers ganz persönliche Überlebensstrategie. Denn Probleme gab es nun mal viele, wenn man mit nichts aufgewachsen war. Immer nur das nächste sehen, dachte Krüger. Und es angehen. Wenn man an alle auf einmal dachte, verlor man den Mut. Erst die Unterwäsche, jetzt die Hose, dann die Schuhe.

Krüger wartete also hinter der Linde auf den richtigen Moment. Schnellte dann über die Straße, durch zwei Gärten. Auf zum Dorfkrug. Die Menschen strömten in den Gasthof, an dem samstags auf der Bühne über der Tanzfläche eine Band Livemusik spielte. Krüger noch in seinem Feinripp plus Oberhemd. Versteckte sich hinter der nächsten Linde. Er musste ungesehen über diese eine letzte Straße. Ein Auto mit Scheinwerfern. Er machte sich so schmal er konnte. Angeleuchtet wäre ein Mann in weiß sofort aufgefallen. Er wartete. Das Auto fuhr vorbei. Dahinter kein Mensch auf der Straße.

Krüger also barfuß. Als seine Füße zu schnell wuchsen, hatten seine Eltern nie Geld für neue Schuhe gehabt. Krüger war damals lieber barfuß gelaufen als in drückenden Schuhen. Seitdem hatte er unter den Füßen Hornhäute wie Ledersohlen. Das half jetzt. Krüger huschte auf die andere Straßenseite. Rannte um den Dorfkrug herum zum Hinterausgang. Hielt inne. Er kannte das Fenster zur Toilette, war schon ein paar Mal hindurchgekrochen. Von drinnen nach draußen. Zeche prellen. Diesmal musste er von draußen nach drinnen.

Das Fenster war hoch, erfreulicherweise aber geöffnet. Krüger sprang hoch, die Hände auf den Mauervorsprung. Zog sich nach oben mit seinen kräftigen Armen. Ganz schön hoch war das. Krügers Füße ruderten erst in der Luft. Liefen die Wand hinauf, während er sich langsam weiter nach oben zog, dann, als die Hände Halt hatten, drückte er sich auf den Ellenbogen mit aller Kraft nach oben. Schaute durch das Fenster. An den Pinkelbecken drei Männer. Krüger duckte sich, um nicht gesehen zu werden. Legte die Ellenbogen ab, den Kopf auf die Hände. Er wartete. Baumelte in der Luft. Jetzt durfte keiner von hinten kommen und den Mann in weiß erwischen. Krüger bangte. Die pinkelnden Männer waren fertig. Jetzt wuschen sie sich die Hände. Krüger musste alle Kraft aufbringen, um nicht herunterzurutschen. Die Männer gingen. Herrentoilette leer. Krüger stemmte sich wieder hoch. Die Knie auf den Sims. Kroch durch das Fenster, drehte sich, ließ sich langsam herunter. Sauste in die erste Toilettenkabine, schloss die Tür ab. Aus der Kneipe drang das Gemisch aus Musik und Gesprächen bis zur Herrentoilette. Er setzte sich auf den Klodeckel und wartete. Wieder kamen Männer. Gingen an die Pinkelbecken. Krüger harrte aus. Zog den Schlüssel raus und linste durch das Schlüsselloch. Da kam noch einer. direkt auf ihn zu. Ein dünner, langer. Drückte Krügers Klinke. »Besetzt«, sagte Krüger mit tief verstellter Stimme. Der Mann nahm die übernächste Tür. Der ist eh zu lang, dachte Krüger. Der hilft nicht. Krüger harrte weiter aus. Machte zum Spaß ein paar Geräusche. Stille wäre verdächtig, dachte er. Furze nachmachen konnte er gut. Das klang echter als echt. »Nanana«, rief einer der Männer am Pissoir. Krüger musste lachen. Hielt sich den Mund zu. Linste noch mal durchs Schlüsselloch. Der Mann zwei Türen weiter war fertig. Ging zum Waschbecken. Krüger machte wieder Furzgeräusche. Der Mann am Waschbecken schüttelte grinsend den Kopf. Krüger hatte seinen Spaß. Prustete. Konnte sein aufkommendes Lachen gerade noch in ein Husten und Ächzen verwandeln. Durchs Schlüsselloch sah er nun einen Mittelgroßen mit Bauch auf sich zukommen. Auch der drückte Krügers Klinke. »Besetzt«, sagte Krüger wieder, so tief wie möglich. »Da kämpft einer mit sich selbst«, sagte der Mann am Waschbecken beim Händeabtrocknen und grinste.

Der Mittelgroße nahm die Tür nebenan. Ging rein, schloss die Tür, ließ die Hose runter. Setzte sich. Krüger wartete. Dann kniete er sich vor seine Toilette. Kalter Kachelboden. Guckte unter der hölzernen Toilettenwand zum Nachbarklo. Blaue Anzughose mit Gürtel. Runtergelassen bis zu den Schuhen. Die Schuhe zu klein. Trotzdem perfekt, dachte Krüger. Erst mal eine Hose. Nun arbeitete es nebenan. Krüger würde nicht viel Zeit haben. Er legte sich auf den Rücken, die Füße und die Unterschenkel auf den Klodeckel, fuhr langsam die Arme aus und wartete auf den perfekten Moment. Jetzt arbeitete es nebenan heftiger. Es gibt nur den einen richtigen Augenblick, dachte Krüger. Den Moment der völligen Wehrlosigkeit. Wehrlos wie im Schlaf. Zwei, vielleicht drei Sekunden lang. Den konnte man bei genauer Beobachtung kommen hören. Es ächzte. Pupste. Alles noch Vorbereitung. Krüger drehte den Kopf und sah, dass außer ihnen niemand in der Herrentoilette war. Perfekt. Jetzt musste alles schnell gehen. Krüger lauschte: Von rechts kam ein befreites Seufzen. Jetzt! Krüger fuhr seine Arme in Richtung Nachbarkabine aus, packte die Hose des Nachbarn am Gürtel und riss sie ihm blitzschnell über die Schuhe. Der überrumpelte Nachbar geriet ins Wanken, zu Tode erschrocken. Krüger musste sein Lachen unterdrücken. Lachen geht später, dachte er. Jetzt erstmal die Hose. Und während Krüger mit einem heftigen Ruck an ihr zog, knallte der Nachbar mit dem Oberkörper gegen die linke Holzwand. »Aua!«, rief er, und pupste und pupste. Der Nachbar fiel vom Klo. »Hilfe!« Krüger zog die Hose zu sich herüber. Sprang auf. Schlüpfte hinein. Öffnete die Tür, niemand zu sehen, keiner hatte etwas mitbekommen, und dann sauste er zum Ausgang der Herrentoilette. Hinein in den Tanzsaal. Der Mann ohne Hose würde ihm nicht mehr folgen. Wie denn auch. Wer geht schon ohne Hose in den Dorfkrug?, dachte Krüger. Dass er keine Schuhe anhatte, bemerkte niemand. Aber die brauchte er natürlich für einen gelungenen Tanzabend: Schuhe! Krüger war jetzt so nah am Tagesziel. Und er hatte Brand. Brauchte dringend Schnaps und Bier. Also ran an die Theke. Erstmal aber verschaffte er sich einen Überblick. Der Laden war voll. Und es war recht dunkel. Das spielte Krüger in die Karten. Krüger musterte die am Tresen sitzenden Männer. Piepenbrink kam in Frage. Seine könnten passen, dachte Krüger. Der verzweifelte Eisenwaren-händler. Versoff sein ganzes Geld, seit seine Frau gestorben war. Krüger setzte sich zu ihm und bestellte Schnaps und Bier für zwei. Nach drei Runden hatte Piepenbrink wiederholt von sich ge-geben, dass alles sinnlos war ohne seine Lisbeth. Nach der vierten Runde gab sein Kopf der Schwerkraft nach und sank auf den Tresen. Krüger bückte sich und hatte Piepenbrink in wenigen Sekunden die Schuhe aufgeschnürt und ausgezogen und war selbst hineingeschlüpft. Er legte zwei Mark auf den Tresen und stolzierte perfekt gekleidet nach draußen. Krüger war startklar für den Ausgehabend. In einer anderen Kneipe. In der niemand Hose und Schuhe vermisste.

DER FAUCHENDE DRACHE

Glockenschläge vom Kirchturm. Krüger schreckte beim vorletzten aus seinem komagleichen Schlummer auf. Dabei schlug er erst einmal mit dem Kopf gegen den Stuhl, unter dem er eingeschlafen war. Nach den Schnäpsen. Ungezählten. Mehr als eine Kirchenuhr Zahlen hat. Küchenstuhl war also das erste, das Krüger durch den Schädel ging. Von einer Küche konnte aber eigentlich keine Rede sein. Ein Stuhl, ein Tisch, ein Waschbecken, mehr war da nicht. Kahler Raum. Nackte Wände. Nahrung aus der Dose. Ravioli. Oder Erbsen mit Bohnen. Kalt. Für Strom fehlte das Geld. Dem Herd also der Sinn. Seit Monaten. Noch ein Glockenschlag. Er wusste nicht, wie spät es war. Die Armbanduhr wohnte längst beim Pfandleiher. So wie alles andere. Gemurmel von draußen. Menschen. Viele Menschen. Der Gottesdienst. Das Gemurmel wurde lauter. Sie kamen also raus aus der Kirche. Es musste Sonntag sein. 11 Uhr. Krüger wohnte nebenan. Im Abstellraum des Bestattungsinstituts. Krüger hatte seinen Bauchladen erweitert: Grabaushub. Er war jetzt Totengräber. Das konnte nicht jeder. Eine anstrengende Arbeit. Der Mensch als Bagger. Weil er billiger ist als die Maschine. Zweimeterzwanzig tief, einen Meter breit. Mit Spitzhacke, Schaufel und Spaten. Bis man nicht mehr zu sehen ist und noch tiefer. Bei jedem Wetter, auch bei Eis und Schnee. Dem Chef war egal, dass Krüger trank. Hartmann hieß der. »Das Leben ist schwer auszuhalten«, sagte er immer. Deswegen habe er immer genug zu tun. Die Menschen starben. An ihren Problemen oder einfach so. »Einfach so dauert länger«, sagte Hartmann immer.

Auf dem Friedhof war noch genug Platz für die nächsten Jahre. Jeden Monat zwei, drei Aufträge, das war der Durchschnitt. Krüger wurde pro Grabaushub bezahlt. Zehn Mark pro Grab. Das hatte er mit Hartmann ausgehandelt. Die Kollegen brauchten drei Stunden. Zu zweit. Stundenlohn fünf Mark. 30 Mark also. Krüger war billiger. Billiger als Menschen. Krüger konnte nicht langsam. Wenn er einmal losgelegt hatte, grub er ohne Pause. Bis er fertig war. Nach zwei Stunden. Allein. Hartmann lobte ihn dafür. »Es ist egal, was man macht«, sagte Hartmann. »Aber wenn man was macht, muss man es gut machen.« Nicht so gut war die Sache mit dem Leichenwagen gelaufen. Als der Fahrer krank war, sprang Krüger ein. Er war sicher gefahren. Ohne Probleme kutschierte er den Toten von dessen Wohnung zum Bestattungsinstitut. Das ging einmal gut. Auch zweimal. Beim dritten Mal gehörte ein Dorfpolizist zu den Trauernden. Anstatt zu trauern, nahm er Krüger ins Visier. Fragte ihn nach seinem Führerschein. Krüger hatte keinen. Nie gemacht. Kein Geld für die Fahrstunden. Fahren hatte er ohne gelernt. Wie alles andere auch, das zu seinem Bauchladen gehörte. Das war es dann mit dem Leichenwagenfahren. Vorbestraft war er damals schon. Sachbeschädigung. Diebstahl. Körperverletzung. Immer auf Bewährung. Nun kam also »Fahren ohne Fahrerlaubnis«, dazu. »Beim nächsten Mal geht's in den Bau«, sagte der Richter. Bei jeder Gerichtsverhandlung wurde sein Werdegang verlesen. Immer um ein Kapitel reicher. Schwere Kindheit. Von der Schule geflogen. Gewalttätiger Vater. Keine Berufsausbildung. Alkoholsucht. Dennoch vielseitig tätig. Sein Leumund hatte sich radikal verschlechtert. Wenn es früher eine unmögliche Aufgabe gab: einen abgebrochenen Ast, der aus einem hohen Baum zu fallen drohte, ein verunglücktes Pferd aus einem Graben zu ziehen, einen sturmverwehten Dachziegel in großer Höhe zu sichern, oder jemanden zu bestrafen, der ein Mädchen belästigt hatte oder mehr und die Polizei mal wieder nichts dagegen unternahm, dann fragte man: »Wer macht das?« »Natürlich Krüger«, war die Antwort. Er konnte klettern wie kein zweiter im Dorf, kannte keine Furcht und hatte immense Kräfte. Und er konnte boxen. Er war gefragt und wurde geachtet, für das, was er konnte. Jetzt, wenn irgendwas nicht mit rechten Dingen zugegangen sein konnte, etwas fehlte oder plötzlich kaputt war, fragte man: »Wer war das?« Die Antwort war dieselbe: »Natürlich Krüger.«

Er war jetzt 35 und schon ganz unten angekommen. Nicht weil er Totengräber war. Sondern weil er trank. Um ihn herum: Zettel. Auf dem Boden, auf dem Stuhl: überall Zettel. Schuldscheine. Krüger griff einen: 260 Mark im Einkaufsladen. Der nächste: 360 Mark. In der Kneipe. Krüger ließ die Zettel fallen. Er versuchte, aufzustehen. Aber mit dem Tisch hatte er nicht gerechnet. Die nächste Beule. Der Tisch wackelte. Und dann sah Krüger die Flasche. Und die weiße Maus. Krüger auf seinen Knien. Er war sich nicht sicher, ob das, was er sah, wirklich existierte: eine weiße Maus balancierte auf dem Hals einer Schnapsflasche. Einer fast leeren Schnapsflasche. Krüger war besoffen eingeschlafen, bevor er die Flasche ganz leeren konnte. Die weiße Maus versuchte offenbar, irgendwie an den Rest zu gelangen. Aber jetzt wackelte der Tisch und mit ihm die Flasche. Schwappte, schunkelte, torkelte hin und her. Und mit ihr torkelte die Maus. Tanzte auf dem Flaschenhals. Krallte sich mit den Hinterpfoten an die Öffnung und versuchte, auch die Vorderfüße auf die Öffnung zu bringen. Krüger rieb sich die Augen. Er hatte gehört, dass Süchtige auf Entzug weiße Mäuse sehen. Krüger war nicht auf Entzug. Er hatte einen Kater. Und einen Brand. Die Flasche wankte und drohte zu fallen. Dann würde sie auslaufen. Das musste Krüger verhindern. Da war noch genug drin für ein weiteres Glas. Krüger dürstete nach Fusel. Die Maus schien sich zu halten. Wenn die Flasche nicht fiel. Wenn. Krüger rieb sich nochmals die Augen. Die Maus

war da, keine Frage. Er zählte vier Zehen und einen stummel-
artigen Daumen. Links wie rechts. Die Maus war echt. Mäuse
hatte er als Kind oft genug beobachtet. Zuhause. Auf der Jagd
nach Krümeln. Die wackelnde Flasche hatte sich noch nicht entschieden. Krüger musste eingreifen. Immer noch auf Knien. Er
fixierte die Flasche. Reflexe, dachte er. Reflexe. Die hatte er doch
eigentlich. Schließlich konnte er boxen. Sein Schädel brummte.
Er legte die Stirn in Falten und zielte. Jetzt nur noch den rechten Arm ausfahren und zupacken. Die Flasche greifen. Die Maus
würde schon verschwinden, wenn sie seine Pranke kommen sah.
Krügers Kopf befahl seinem Arm, sich zu strecken, und seiner
Hand, zuzugreifen. Also los. Der Arm schnellte nach vorne, die
Hand öffnete sich, berührte die Flasche, versuchte sie zu greifen.
Aber sein Arm war zu kurz. Er hatte die Sache falsch berechnet.
Die Flasche fiel und während sie fiel, sprang die Maus auf den
Tisch. Die Flasche landete auf dem Tisch, Krüger griff nochmals
zu. Wieder vorbei. Die Flasche begann zu rollen, die Maus rannte
zum Ende des Tisches. Krügers Augen gerieten durcheinander.
Die flitzende Maus, die rollende Flasche, wohin gucken? Zur Flasche. Natürlich. Die rollte. Nach links. Krüger reagierte. Warf sich
auf seine linke Seite. Er musste sie fangen. Die Maus kletterte ein
Tischbein hinunter. Das sah Krüger aus dem Augenwinkel. Und
war abgelenkt, als die Flasche fiel. Krügers Augen, weg von der
Maus, fixierten die Flasche. Sein Blick war getrübt. Vom Schnaps
und vom Kater. Die Flasche fiel. Auf ihn zu. Krüger prallte mit
der linken Schulter auf den Steinboden. Wie ein Fußballtorwart,
wenn der Ball auf ihn zukommt. Krügers Hände geöffnet. Bereit
sie zu fangen, die Flasche. Den Schnaps. Den letzten. Mehr war
nicht da. Krüger griff zu. Mit beiden Händen. Berührte das Glas.
Doch er griff daneben. Die Flasche war zu schnell. Schneller als
er. Sauste vorbei an seiner linken Schulter. Knallte auf den Steinboden. Zerschellte. Machte Lärm. Unerträglich das Geräusch

für Krügers Ohren. So laut wie ein Kanonenschuss. Barst in viele Teile. Und gab ihn frei. Den Schnaps. Den letzten. Mehr war nicht da. Krügers Kopf lag auf dem Boden. Seine müden Augen schielten auf das Desaster. Die Scherben. Den Schnaps, der auslief aus dem abgebrochenen Flaschenboden. Das war zu viel. Zu viel für ihn. In seinem Zustand. Da zerrann er. Der letzte Alkohol. Tropfen für Tropfen kullerte auf den Fußboden. Dann wieder die Maus. Furchtlos. Ohne Angst vor Krüger. Flitze direkt auf ihn zu. Im Slalom um die Scherben. Keinen Meter war sie weg von seinem Kopf. Auch sie wollte den Schnaps. Zumindest ein paar Tropfen. Vor der ersten kleinen Pfütze hielt sie inne. Beugte sich nach vorne und schlürfte mit ihrer Minizunge. Ein Schluck. Dann noch einer. Krüger auf seiner linken Seite. Wollte die Maus greifen. Warum, wusste er selbst nicht. Streckte den rechten Arm aus und die Hand. Griff zu. Wieder daneben. Die Maus erschrak. Wich zurück. Sah dann, dass Krüger keine Gefahr war. Sauste frech noch einmal nach vorn. Für einen letzten Schluck. Krüger beäugte das neidisch. Sie war wirklich da, die weißte Maus. Trank seinen Schnaps. Krüger drehte sich auf den Bauch und griff dabei nochmals nach ihr. Sie sah seine Hand kommen. Drehte sich um und flitzte davon. Weg war sie. Krüger sah sie aus dem Augenwinkel verschwinden.

Er lag auf dem Bauch. Das Gesicht in den Scherben. Er roch den Fusel. Eine kleine Pfütze direkt neben ihm. Auf dem kalten Fußboden. Zwischen den Scherben. Krüger fühlte den Brand. Zu verführerisch der Geruch. 45-prozentiger Wodka. Wartete auf ihn. Auf dem Fußboden. Krüger überlegte. Doch sein Kopf war fast aus. Nur die Nase funktionierte. Gehorchte. Dem Alkohol. Seine Lippen folgten dem Befehl der Nase. Krüger liebkoste den Fußboden. Knutschte den Stein, und seine Zunge fuhr aus und leckte den Boden und den Schnaps. Ja, das war gut. Das war, was er brauchte. Und er knutschte auch den nächsten Fleck und leckte die Tropfen vom Steinfußboden. Sein Brand wollte gelöscht werden und ließ ihn weitermachen, immer schneller und doller. Krüger leckte und leckte, und der Brand wurde kleiner und größer und kleiner und größer. Die Zunge wie ein rauer Schwamm. Und dann fühlte er etwas. Auf der Zunge. Nicht nur den Schnaps. Da war noch was. Es fühlte sich hart an. Das war nicht seine Zunge. Es war auch nicht der Schnaps. Es waren die Scherben. Auf seiner Zunge. Nicht schlucken, dachte Krüger. Nur nicht schlucken. Der Alkohol in seinem Mund wollte das Gegenteil. Die Kehle runter. Der Drache im Magen hatte schon Lunte gerochen und seinen Brand entfacht. Schrie nach mehr. Und wenn der Drache schrie, war Krüger machtlos. Willenlos. Irgendwas in seinem Hirn aber war noch nicht ausgeschaltet. Er fühlte nichts mehr. Sich nicht. Und seine Zunge sowieso nicht. Aber Scherben schlucken? Ein Riss in der Speiseröhre? Im Magen gar? Tödlich. Nein. Nicht machen. Noch nicht. Mit 35 zu sterben war einfach zu früh. Egal wie schlecht die Lage war. Krügers Pranke griff nach den Splittern in seinem Mund. Reflexe, dachte Krüger. Hirn anschalten. Das Rachenzäpfchen als letzter Filter: kein verlässlicher Partner, dachte Krüger. Nicht schlucken. Nicht machen. Aber der Drache im Magen wollte, dass wenigstens ein bisschen Schnaps unten ankommt. War ja sonst kein Fusel mehr da. Doch das Einzige, was hier floss, war Blut. Aus seinen halbtauben Fingern. Er pulte sich noch eine Scherbe aus dem Mund. Krüger schüttelte die Hand aus, immer wieder, weg mit den Scherben, das Blut war ihm egal. Immer egal gewesen. Krüger erforschte seine Zunge. Er schielte nach oben. Schloss die Augen. Als wenn das helfen würde. Da war nichts mehr, sagte seine Zunge. Sagten seine Finger. Konnte er ihnen vertrauen? Krüger entspannte sich. Sein Speichel umspülte die Wodkareste in seinem Mund. Schlucken, dachte Krüger. Endlich schlucken. Bergab, die Röhre hinunter. Damit der Drache Ruhe gibt. Aber was war das? Seine Zunge erforschte nochmals seinen Mund. Doch noch eine Scherbe. Hatte sich offenbar in seiner Zahnlücke versteckt. Verfluchte Zähne, dachte Krüger. Immerhin tat der eine nicht mehr weh. Er hatte kein Geld für den Zahnarzt. Drei Zähne hatte er sich zuletzt selbst gezogen. Weil die auch nach einer ganzen Flasche Schnaps noch schmerzten. Mit dem Faden. An der Türklinke befestigt. Dann hatte er die Tür zugeknallt. Mit aller Kraft. Jetzt steckte da die Scherbe. Der Drache brüllte und spie Feuer. Krüger hatte Brand. Das Gemisch aus Speichel und Schnaps in seinem Mund wartete auf Weitertransport. Aber Glas in der Speiseröhre? Das ging nicht. Nicht machen. Seine Zunge wühlte nach der Scherbe. Blutete jetzt auch. Dann lag der Splitter auf seiner Zunge. Ausspucken. Auch den Schnaps in seinem Mund. Schade, dachte Krüger. Er spuckte alles aus. Wirklich schade. Das Blut floss mit heraus. Einfach auf den Boden. Irgendwas, dachte Krüger, hatte er doch vorgehabt, bevor das mit den Splittern passierte. Aber was? Es war schwierig, zu denken, mit so einem Brand. Geräusche, dachte Krüger. Menschen. Der fiese Drache fauchte. Krüger krümmte sich. Wo sollte er etwas zu trinken finden? Er hatte kein Geld. Alles versoffen. Krüger stand auf. Guckte aus dem Fenster. Alle waren sie da. Im Sonntagsgewand. Krüger in seinen schäbigen Klamotten. Schmutzig. Und jetzt noch das Blut. Krüger ging zur Tür. Versuchte sie zu öffnen, aber das ging nicht. Er zog und zog. Sie klemmte. Irgendwas drückte von außen dagegen. Dann versuchte er es mit einem kräftigen Rumms. Nun ging sie auf. Vor der Tür lag ein riesiger Balken. Nein, kein Balken, es war ein halber Tresen. Zerborsten in der Mitte. Offenbar vor dem Kirchgang von mehreren starken Männern hier abgelegt. Krüger wunderte sich. Darauf klebte ein Zettel: »du schuldest mir 1000 Mark.« Krüger überlegte. Er konnte sich an die vergangene Nacht kaum erinnern. Er ging zum Spiegel. Ein paar Beulen hatte er im Gesicht. Eine Schlägerei? Da war was, erinnerte er sich. Jetzt nicht mehr zu ändern, also zurück zur Tür. Sein Rumms gegen die Tür, der abgelegte halbe Tresen und seine Anwesenheit waren nicht unbemerkt geblieben: Die Leute guckten. Tuschelten. »Krüger, du Halunke«, rief einer aus der Menge. Aber wer? »Halunke«, rief noch einer. Ihm das ins Gesicht zu sagen, trauten sie sich nicht. Krüger war der Stärkste im Dorf. Auch in diesem Zustand. Er sah zu den Menschen. Drei von ihnen trugen einen weißen Verband um den Kopf. Den Zettel auf dem halben Tresen hatte der Wirt vom Dorfkrug unterschrieben. Krüger erinnerte sich jetzt an die Rauferei. Er sah sich seine Hände an. Das Blut kam von den Scherben. Aber die Knöchel waren leicht gerötet. Die drei Turbanträger musste er wohl versohlt haben. Sie guckten grimmig zu ihm herüber. Krüger hatte gelernt, mit seinen Fäusten zu sprechen. Irgendwann waren sie sein einziges Ausdrucksmittel. Das kam von zu Hause. Vom Vater gab es auch nur Schläge. Keine Worte. Jeden Tag. Krüger hatte früh aufgehört, viel zu sprechen. Und zu fragen. Weil die Antwort immer nur »Nein« lautete. »Mutter, ich bin krank, kann ich zu Hause bleiben?« »Nein.« »Vater, nimmst du mich mit zum Fußballspiel?« »Nein.« »Herr Lehrer, kann ich bitte doch in die nächste Klasse versetzt werden?« »Nein.« Vom Vater gab es irgendwann überhaupt keine Antwort mehr.

»Halunke«, dachte Krüger. So hatten ihn auch schon die anderen Totengräber genannt. Krüger habe ihnen die Arbeit weggenommen. Schlechte Verlierer, dachte Krüger. Sie hatten ihm aufgelauert. Zu dritt. Krüger war damals 16. Aber mit Krüger legte man sich schon damals besser nicht an. Er machte keine Gefangenen. Er schlug zu. Die drei hatten keine Chance. Seitdem ließen sie ihn in Ruhe.

Später legte sich der Ärger. Murrend akzeptierten die Kollegen ihn in ihren Reihen. Auch, weil er immer einsprang, wenn jemand krank war. Und kein Problem hatte mit den unangenehmen Leichen. Die gab es nach Unfällen, Stürzen, Selbstmorden oder Streitereien. Krüger erledigte das, ohne mit der Wimper zu zucken. Das Leben hatte ihn hart gemacht. Härter als alle anderen. Doch der Frieden mit den Kollegen hielt nicht lange. Krüger hatte sich nach und nach die Bestatterhosen der Kollegen aus deren Spinden »geborgt«. Samstagabends. Zum Ausgehen. Auf die Idee, die Kollegen vorher zu fragen, war er gar nicht gekommen. Möglicherweise hätten sie sogar »ja« gesagt. Aber Krüger rechnete stets mit einem Nein, und er konnte das Wort »Nein« einfach nicht mehr hören. So nahm er sich, was er brauchte. Krüger nannte das »ausborgen«, und deshalb nannten ihn die Kollegen seitdem einen Halunken. Er hätte die Hosen gerne zurück in die Spinde gehängt, aber meistens waren sie nach einem einzigen Abend nicht mehr zu gebrauchen. Schmutzig. Blutig. Zerrissen. Also entsorgte Krüger die Hosen und leugnete alles, wenn er danach gefragt wurde. Bis er samstags in einer Bestatterhose gesehen wurde. Es gab eine erneute Schlägerei. Immer der gleiche Ausgang. Beulen hatten danach die anderen. Das Neue: man traute ihm nicht mehr. Und nannte ihn jetzt »Halunke«.

Ab diesem Zeitpunkt brauchte Krüger die Kollegen um nichts mehr zu bitten. Ihre Antwort wäre nie wieder »Ja« gewesen. Krüger blickte auf die Zettel, die überall herumlagen. Auf dem Tisch ein ganzer Stapel. Alles Schuldscheine. Der Beweis dafür, dass andere nie »Nein« sagten: alle, die Alkohol verkauften. Sie ließen ihn anschreiben. Ihr »Ja« war die Garantie auf ihr Geschäft von morgen. Und übermorgen. Ein Süchtiger kommt immer wieder. Denn auch der Drache in seinem Magen akzeptierte kein »Nein«. Doch wie sollte er all die Schulden jemals zurückzahlen? Wenn es kein Grab auszuheben gab, machte Krüger Gelegenheitsjobs. Mauern, Bäume absägen, Gärten umgraben, pflügen, bei der Ernte helfen, ein Dach decken, eine

Scheune abreißen. Wo immer er sich für kleines Geld verdingte, machte er gute Arbeit. Aber ließ auch immer etwas mitgehen. Meistens Werkzeug. Kann man immer gebrauchen, dachte Krüger. Beim nächsten Job. Die Beklauten verfluchten ihn. Krüger leugnete alles, aber das half irgendwann nicht mehr. Man misstraute ihm. Er bekam seltener Arbeit. Nur noch die, die sonst keiner machen wollte. Plumpsklos entleeren. Jauchegruben ausheben. Oder eben die entstellten Leichen abholen. Krüger hatte Talente. Er konnte vieles, was sonst keiner konnte. Aus ihm hätte ein guter Boxer werden können, wenn ihn jemand lange genug gefördert hätte. Der Sportlehrer hatte sein Talent erkannt. Krügers Bewegungen ähnelten jenen beim Grabausbuddeln. Er ging nachmittags zum Training. Seine viereckigen Arme arbeiteten wie Schaufelradbagger. Er hatte eine unfassbare Grundkraft in jedem Schlag. Und er war schnell. Weil er schnell sein musste. Das Leben wurde schon früh sein Training. Überlebenstraining. Die Anfälle seines Vaters. Der ging jeden Tag unvermittelt auf ihn los. Krüger blieb keine Wahl. Er musste lernen, auszuweichen. Der Vater zielte meistens auf sein Gesicht. Mal mit der flachen Hand, mal mit der Faust. Er brauchte keinen Grund dafür. Er trank. Und er hasste seinen Sohn. Er hasste, dass er ihn gemacht hatte. Und danach noch die anderen sieben Geschwister. Alle jünger. Aber die bekamen nichts ab. Außer Flüchen und Missachtung. Die Gewalt richtete sich allein gegen Krüger. Und gegen seine Mutter. Weil mit ihr und dem Erstgeborenen alles angefangen hatte. Weil ihre und Krügers Füße unter seinem Tisch standen. Er hasste Krüger für alles, was der älteste Sohn nicht konnte. Und noch viel mehr für das, was er konnte. Und je öfter er seinen Sohn verfehlte, desto größer wurde dieser Hass. Und desto öfter schlug er unvermittelt zu.

Die Mutter war hart im Nehmen. Schlug zurück. Auch mit der Faust. Einmal durch die Holztür. Das ganze Dorf sprach davon.

Aber niemand mischte sich ein. Der Vater hatte sie zuvor im Bad eingesperrt. In Rage drosch sie ihre Faust einfach durch die Holztür. So stark war die Mutter. Aber um sich nachhaltig zu wehren, reichte auch ihre Kraft nicht. Es kam es zu richtigen Schlägereien zwischen dem Vater und der Mutter. Manchmal jagten sie sich durchs ganze Haus. Von oben nach unten oder umgekehrt. Am Ende aber war der Vater stärker. Wenn er die Mutter mal wieder heftig im Gesicht getroffen hatte, ging sie tagelang nicht aus dem Haus. Bis man nichts mehr sah. Krüger blutete das Herz, wenn er die Mutter so sah. Oft floh er nach draußen, manchmal tagelang. Es war nicht auszuhalten. Er hatte Angst. Zu platzen. In ihm reifte der Wunsch, es dem Vater zu zeigen. Ein für alle Mal. Er konnte sich nicht wehren gegen den in ihm aufkommenden Hass. Der fraß ihn von innen auf. Sammelte sich wie immer dickerer schwarzer Teer in seiner Magengrube. Und der dunkle Klumpen wurde größer. Mit jedem Schlag, den seine Mutter einsteckte. Krüger liebte seine Mutter über alles. Sie waren Schicksalsverbündete. Doch was konnte er tun? Auge um Auge, sagte die Bibel. Also den Vater totschlagen. Wollte der liebe Gott das wirklich? Warum hieß er dann lieber Gott? Das Gefühl, das er hatte, wenn der Vater die Mutter so zurichtete: grenzenlose Wut. Nur der Alkohol schob sie weg.

Krüger trank. Ein bisschen seit er 13 war. Mit 16 ging es dann richtig los. Mit zehn war er von der Schule geflogen. Seine Leistungen reichten nicht für eine weitere Versetzung. Durch den Alkohol wurde er undiszipliniert. Kam zu spät zum Boxtraining. Sein Trainer schöpfte Verdacht. Krüger schlug härter zu. Irgendwann zu hart. Er verletzte andere. Der Trainer verstand das nicht. Krüger musste ihn anhauchen. Da war nicht mehr zu leugnen, dass auch er nun trank. Er durfte nicht mehr wiederkommen. Dabei war boxen das Einzige, was ihm Spaß machte. Was ihn seine Wut loswerden ließ. Krüger war traurig. Aber er wusste schon sehr lange nicht mehr, was Traurigkeit war. Die hatte er sich zu früh abgewöhnen müssen. Also trank er weiter. Schon bald reichten ein paar Gläser nicht mehr. Er trank mehr. Das machte es nicht besser, sondern schlechter. Seine Alkoholkarriere begann. Gefühle durften nicht sein. Zu gefährlich. Bekämpfen. Betäuben. Der Teufel hatte ihn per Anhalter mitgenommen. Auf seine Fahrt Richtung Hölle. Krüger war eingestiegen, ohne zu wissen, wohin die Reise ging. Und jetzt gelang es ihm nicht mehr, wieder auszusteigen.

MÖHRCHEN

Krüger hatte mal wieder eine seiner Ideen. Er wollte neue Wege gehen. Einmal richtig abbiegen. Der 13jährige schnürte seine Schuhe und machte sich auf den Weg. Holland war das Ziel. Mehr als 100 Kilometer. Zu Fuß. Dort sollte es Pferde geben, hatte er gehört. So viele, dass eines weniger gar nicht auffallen würde. Er musste es möglichst weit weg von zu Hause stehlen. Irgendwo, wo man ihn nicht kannte. Damit keine Spur zu ihm führte. »Der Herr zeigt dir deine Wege«, hatten sie in der Schule gesagt. Und in der Kirche. Beim Aufwachen war ihm die Wanderung nach Holland in den Sinn gekommen. Vielleicht hatte der liebe Gott ihm das im Schlaf in den Kopf gesetzt, dachte Krüger. Er hielt das Ganze jedenfalls eine gute Idee.

Krüger war damals noch kein Halunke. Er war ein hilfloses Kind, das zum Halunken zu werden drohte. Aber im Umkreis von zehn, zwanzig Kilometern hätte man auch ihn damals schon als möglichen Pferdedieb vermutet. Zumal ein Pferd vor oder hinter dem Haus ja auch denkbar verdächtig ist, wenn man vorher keines hatte und anderswo genauso eines fehlt, das war Krüger schon klar. Krüger hatte sich auf einer Karte angeguckt, wo Holland lag. Er hatte keinen Kompass. Auch keine Uhr. Er musste nach Westen. Immer nach Westen und ein ganz bisschen nach Süden. Es war August, der Stand der Sonne würde ihm den Weg weisen. Die Grundschule hatte er nicht geschafft, aber er wusste, wie man überlebt. Er wusste, dass der Wind in Ostfriesland meistens von Westen kam und die Bäume deshalb leicht nach Osten geneigt wuchsen. Vom Wind in diese Richtung gedrängt. Krüger wusste auch, dass die kurzen Seiten der Häuser nach Osten und Westen ausgerichtet waren. Denn aus Westen kam der Wind. Er hatte nicht vor, in Dörfern und Städten Halt zu machen. Große Städte lagen ohnehin nicht auf dem Weg. Das Land war dünn besiedelt. Er wollte so wenig wie möglich gesehen werden. Mit diesem Vorsatz marschierte er los. Marschierte und marschierte. Orientierte sich von Baum zu Baum, von Bauernhaus zu Bauernhaus. Die waren im Flachland von weit her sichtbar. Kleine oder größere Umwege nahm er in Kauf. Was er nicht im Kopf hatte, hatte er in den Beinen. Ebenen, soweit das Auge reichte. Hier und da standen ein, zwei, manchmal drei Pferde auf einer Koppel. Mal direkt neben einem Bauernhaus, mal ein Stück davon entfernt. Doch der Zaun um sie herum verriet, dass sie jemandem gehörten. Eines weniger wäre natürlich sofort aufgefallen. Also lief er weiter und weiter. Es brauchte eine ganze Herde, um eines zu stehlen. Unterwegs aß er Früchte. Abwechselnd fragte er auf dem einen Bauernhof nach dem richtigen Weg und ließ auf dem nächsten ein Stück Brot und etwas Käse mitgehen. Er schlief unter oder auf Bäumen, mächtigen Eichen und Buchen. Das kannte er schon, wenn er abends mal wieder lieber nicht nach Hause gegangen war. Krüger lief und lief. Mal regnete es, meistens schien die Sonne. Er war frei. Und er war Teil der Natur und seiner Heimat. Wiesen, Felder, Kühe, Sonne, Wolken, Wind, all das war vertraut, auch wenn es fremd war, und es blieb so, auch wenn er weiter und weiter kam.

Das flache grüne Norddeutschland. Man konnte kilometerweit im Voraus sehen, was einen erwartete. Manchmal wurde er angesprochen: was ein 13jähriger so allein in der Pampa mache. Er wolle zum Onkel nach Amsterdam, habe aber kein Geld für eine Fahrkarte, antwortete Krüger. Meistens bekam er dann einen Apfel, ein Glas zu trinken, ein Stück Brot. Und man wies ihm den

Weg. Krüger hatte nie Angst zu verhungern. Die Not ist die Tugend, hatte seine Mutter immer gesagt. Nur wer eine Lösung finden muss, findet auch immer eine. Deshalb war Krüger nie mutlos. Die Fremde war eine Aufgabe, kein Grund zur Verzweiflung. Auf dem nächsten Hof fragte er mal wieder nach dem Weg. Die Antwort verstand er nicht. Er war also in Holland. Ein kleiner Schauer aus Stolz lief ihm den Nacken hinunter. Das immerhin hatte er geschafft. Hätte keiner von all denen hingekriegt, die ihn in der Schule ausgelacht hatten, als es nicht weiter ging nach Klasse vier. Außerdem konnte er sich nicht an so viele gute Tage hintereinander erinnern. Doch was jetzt? Nach Pferden konnte er kaum fragen. Und in Holland war er schon. Jetzt brauchte er einfach Glück. Oder seinen lieben Gott. Der würde ihm den Weg schon weisen, dachte Krüger.

Er setzte sich unter einen Baum, faltete die Hände und bat um Hilfe von oben. Gedankenverloren pflückte er ein Gänseblümchen nach dem anderen und wartete auf eine Idee, in welche Richtung er weiterlaufen sollte. Er hatte ja Zeit. Fehlte nur die nächste Eingebung. Dann stand er auf und ging weiter Richtung Westen. Das mit dem Wind und den Kurzseiten der Häuser konnte hier ja kaum anders sein als zuhause. Alles andere war ja gleich: die Farben, die Bäume. Und die Sonne gab es schließlich nur einmal.

Und dann, nach fünf Tagen, war sie plötzlich da: eine Koppel mit Pferden. Vielen Pferden. Weil das Land flach war, konnte er sie schon aus hunderten Meter Entfernung sehen. Aber auch ihn könnte man aus dieser Entfernung wahrnehmen. Krüger sah einen Mann zwischen den Pferden. Er musste sich vorsichtig heranpirschen. Besser, er würde die Dunkelheit abwarten. Doch es war gerade mal Mittag. Der Sonnenuntergang war also lange hin. Aber er war zu lange gelaufen, um jetzt durch eine Unachtsamkeit aufzufliegen. Es gab nur ein paar Bäume in weitem

Abstand zueinander. Krüger rannte zum ersten und versteckte sich dahinter. Der Mann verschwand im Haus. Was, wenn er aus dem Fenster guckte und ihn bemerkte? Krüger beschloss zu warten. Hinter dem Baum. Bis zur Koppel waren es noch gut 100 Meter. Krüger zählte 28 Tiere. Er wollte zunächst beobachten, was sie hier mit den Pferden machten und wann sie nach ihnen sahen. Herausfinden, wann er am schlausten zuschlug. Und natürlich, welches Pferd er mitnehmen sollte. Er fand sie alle schön.

Krüger hatte ungeheuren Respekt vor jeder Kreatur, die größer und kräftiger war als er. Und das waren sie alle. Was für prachtvolle Tiere, dachte Krüger. Plötzlich kam der Bauer aus seinem Haus und ging zu einer weißen Stute. Etwas widerwillig ging sie mit. Sie schien zu wissen, was jetzt kam. Krüger war gespannt. Der Bauer führte das Pferd zum Acker und spannte ihm eine Egge an. Krüger nutzte die Gelegenheit, um zum nächsten Baum zu flitzen. Noch 70 Meter. Dann arbeiteten sich der Bauer und das weiße Pferd durch das Feld neben der Koppel. Krüger schaute sich um. Weit und breit niemand zu sehen außer dem Bauern. Krüger lief zum nächsten Baum. Noch 50 Meter. Die Stute war ungeheuer kräftig und verrichtete ihre Aufgabe, scheinbar ohne sich groß anzustrengen. Sie muckte nicht einmal auf. Ab und zu gab ihr der Bauer einen Apfel oder eine Möhre. Der Bauer schien sein Tier zu mögen. Er behandelte es gut. Die Stute dankte es ihm und zog widerstandslos eine Bahn nach der anderen. Krüger würde auch lieb zu der Stute sein. Krüger huschte zum letzten Baum vor dem Grundstück. Näher heran würde er erstmal nicht kommen. Er beobachtete die beiden. Landwirtschaft war ihm nicht fremd. Zuhause, in seinem Dorf, gab es viele Bauern. Eine Egge, dachte Krüger. Die besorg ich auch noch irgendwo. Vater wird zufrieden sein.

Krüger wollte das brach liegende Land hinter seinem Elternhaus beackern. Das gehörte ihnen, doch es zu bewirtschaften lohne sich nicht, schimpfte der Vater immer. Dort irgendetwas pflanzen und es dann auf dem Markt verkaufen. Das war Krügers neuer Plan. So könnte er zeigen, dass er doch zu etwas taugte. Zu mehr als Kaninchen mit dem Fahrrad jagen. Er wartete, bis es dunkel wurde. Gegen Abend beendete der Bauer seine Arbeit und brachte das Pferd zurück zur Koppel. Die Egge ließ er auf dem Feld stehen. Offenbar sollte es morgen weitergehen. Der Bauer war schweißgebadet und sichtlich erschöpft. Auch vor fleißigen Menschen hatte Krüger immer Respekt. Doch nicht so viel, dass er auf seinen diebischen Plan verzichtet hätte. 28 oder 27 Pferde, das kann dem Bauern doch egal sein, dachte er. Krüger schlich in den Schuppen. Alles war hier bestens geordnet. An der Wand hing alles, was es an Werkzeug gab, Gartengeräte, daneben Kisten voller Äpfel und Kartoffeln, Säcke voller Möhren. Krüger verschlang erst mal drei Äpfel. Er hatte seit dem Morgen nichts mehr gegessen. Dann deckte er sich mit Möhren ein. Da war ihm klar, wie er die Stute nennen würde: Möhrchen. Krüger schlich zur Tür und wartete. Durch das Fenster sah er den Bauern. In der Stube ging das Licht aus. Besser noch etwas warten, dachte Krüger. Der Bauer würde nach der harten Arbeit irgendwann bestimmt tief schlafen.

In der Tat war das Schnarchen des Bauern bis nach draußen zu hören. Was, wenn das Pferd beim Rausholen ein Geräusch machte? Noch mehr Möhren, dachte Krüger. Wenn es kaut, kann es nicht gleichzeitig wiehern. Er holte noch mehr aus dem Schuppen. Dann kletterte er in das Gehege. Schlich zu Möhrchen, die offensichtlich aufgeregt war. Sofort hielt er ihr eine Möhre vor das Maul. Möhrchen nahm dankend an. Dann bestaunte Krüger das weiße Pferd. Möhrchens Rücken war höher als er. Ihre Schenkel: gewaltig. Tiefbraune Augen. Weiße Mähne, weiße Wimpern. Am ganzen Körper unregelmäßige kleine schwarze Flecken. Sie war wunderschön. Und stark. Krüger war verliebt. Zum zweiten Mal. Erst Hildburg, seine Grundschulliebe, jetzt ein Pferd.

Die erste Möhre war schnell verzehrt. Krüger gab ihr eine zweite. Dann traute er sich, Möhrchen zu streicheln. An den Rücken kam er gar nicht richtig ran. Zu hoch. Er versuchte es am Bauch. Das schienen Pferde besonders gern zu mögen, stellte er fest. Dann zwischen den Augen. Er hatte Möhrchen jetzt schon lieb. Aber wie sollte er sie hinausführen. Sie war sozusagen nackt. Ohne Sattel, ohne irgendwas, um sie zu ziehen. Mohrrüben, dachte Krüger. Es geht nur mit noch mehr Mohrrüben. Er sauste zurück zum Stall. Dort stand ein ganzer Sack voll. Krüger kippte ihn zur Hälfte aus. Alles konnte er nicht tragen. Dann mit dem Sack zurück zum Gehege. Die anderen Pferde wollten auch. Es waren viele. Im Haus ging das Licht an. Der Bauer. Krüger warf sich flach auf den Boden. direkt unter Möhrchen. Ein Tritt von ihr und er wäre erledigt. Krüger lag mitten in einem Pferdeapfel. Was für ein Geruch. Er atmete leise durch den Mund. Der Bauer kam aus der Tür. Im Schlafgewand. Er musterte die Lage. Es war glasklare Nacht und Vollmond. Also gute Sicht. Zumindest auf die Köpfe der Pferde. Einige Tiere schnauften. Der Bauer kam näher. Er ging zum Gatter. Krüger lag keine zehn Meter von ihm entfernt auf dem Boden. Das Gatter war geschlossen. Die Pferde behielten die Ruhe. Möhrchen machte keine Bewegung. Ihr linker Vorderhuf neben Krügers Nase. Der Bauer seufzte hörbar. Dann ging er zurück zum Haus. Hinein. Licht wieder aus. Krüger wartete. Stand auf. Streichelte Möhrchen. Er musste schleunigst verschwinden. Sie mussten verschwinden. Krüger hielt Möhrchen eine Rübe vor die Nase und schlich zum Gatter. Die anderen Pferde folgten. Sie waren alle so riesig. Wie sollte er Möhrchen und nur Möhrchen hier rausbekommen? Er stellte den Sack ab. Griff tief hinein. Beide Hände voller Möhren. Dann warf er sie einzeln in Richtung der Pferde, so genau und schnell er nur konnte. Krüger öffnete das Gatter und hielt Möhrchen eine Rübe genau vor die Nase. Dann ging er raus. »Na komm schon, Möhrchen«, sagte er mit der liebsten Stimme, die in ihm war. Möhrchen folgte. Krüger griff den Sack mit den verbliebenen Mohrrüben, schloss das Gatter wieder und schlich vom Hof. Möhrchen schaute kurz zurück, als würde sie sich die Sache noch mal überlegen. Krüger wedelte mit der nächsten Möhre und flüsterte mit Engelsstimme auf das Pferd ein. »Du wirst es gut bei mir haben. Das verspreche ich. Aber komm jetzt bitte mit.« Seine Worte oder aber die Mohrrüben wirkten. Möhrchen folgte. Dann waren sie vom Hof. Plötzlich ging die Haustür auf und der Bauer stürmte heraus. In seinem Schlafgewand. Er sah den Jungen und das weiße Pferd flüchten. Er stürmte wieder hinein und kam mit einer Schrotflinte zurück. Er brüllte etwas auf Holländisch. Dann rannte er hinter ihnen her. Blieb stehen und zielte.

Krüger lenkte Möhrchen zu einer Gruppe von Bäumen. Aber nicht schnell genug. Der Bauer legte die Flinte an und zielte auf Krüger. Offenbar war ihm egal, ob er auch sein Pferd treffen konnte, dachte Krüger. Noch waren sie auf offenem Feld. Der Bauer schoss und verfehlte Krüger nur knapp. Krüger trieb Möhrchen hinter den nächsten Baum. Noch ein Schuss. Noch knapper vorbei. Krüger begann zu rennen. Möhrchen verstand und rannte ebenfalls. Zunächst noch hinter ihm her. Dann an ihm vorbei. Sie war natürlich schneller als Krüger. Aufgeschreckt durch die Schüsse sogar viel schneller. Krüger versteckte sich hinter dem ersten Baum, Möhrchen gesellte sich laut schnaubend zu ihm. Krüger versuchte, das Pferd zu beruhigen. Aus dem anderen Auge beobachtete er den Bauern. Der war in den Schuppen verschwunden und kam mit einem Sattel wieder zurück. Er bereitete ein Pferd vor. Für die Verfolgung. Krüger überlegte. Es gab drei Möglichkeiten: sich zu ergeben und das Pferd zurückbringen? Keine Chance. Die Reaktion des Bauern darauf war völlig ungewiss. Sich weiter zu verstecken? Zu gefährlich, der Bauer kannte sich hier bestens aus. Er würde sie finden.

Also blieb nur die Flucht. Aber mit Wegrennen hätte er keine Chance gegen einen guten Reiter wie den Bauern. Er musste also reiten lernen, von null auf hundert. Doch wie sollte er auf Möhrchen hinaufkommen? Es musste schnell gehen. Der Bauer hatte schon das Gatter geöffnet und sattelte ein Pferd. Bald würde er bei ihnen sein. Krüger musterte die umstehenden Bäume, ein kleines Waldstück. Er führte das noch immer aufgeregte Pferd, das ja schon von Natur aus einen Fluchtinstinkt hatte, unter eine Eiche. »Bleib hier stehen, Möhrchen«, sagte er und streichelte ihren Kopf, in der Hoffnung, dass die Stute in irgendwie verstand. Er gab ihr zwei Mohrrüben auf einmal, kletterte wie ein Äffchen an der Eiche hoch, bis zum ersten dicken Ast. Den ging er zwei Meter hinauf und rief die Stute. Sie reagierte nicht. Er konnte sehen, dass der Bauer losritt. »Möhrchen, bitte.« Jetzt bloß nicht noch ein Schuss, hoffte Krüger. Dann würde die Stute vor Schreck weglaufen. Krüger ging voll ins Risiko. Er hängte sich an den Ast und baumelte über der Erde. Möhrchen war noch vier Meter entfernt. Krüger rief sie. Sie wieherte, jegliches Geräusch war jetzt nicht hilfreich, doch es war nicht zu ändern. Möhrchen kam näher. Krüger wandte sich an seinen lieben Gott. »Bitte hilf mir, ich schaffe es nicht allein.« Dann konzentrierte er seine Gedanken auf Möhrchen, als könne er ihre Gedanken durch seine beeinflussen. Der Bauer war losgeritten, das war zu hören. Möhrchen zögerte noch, wackelte mit dem Kopf. Aber sie kam näher. Noch zwei Meter. Krüger hing mit beiden Händen an seinem Ast. Wenn er von oben auf sie herunterplumpsen wollte, dann musste sie wenigstens unter ihm stehen. Er rief sie erneut und holte Schwung. Möhrchen kam noch ein, zwei Schritte näher. Krüger hörte den Bauern kommen und brüllen. Er nahm noch mal Schwung und sprang ab. Er landete falschrum auf Möhrchen. Das Pferd nahm es mit Fassung. Es war riesig. Krüger wollte vorsichtig aufstehen und sich ganz langsam auf ihr drehen. Auch dafür hatte er nur einen Versuch. Für eine Sekunde stand er stabil auf ihrem Rücken. Er balancierte und setzte zur Drehung an. Aber das Fell war zu rutschig, er glitt ab und landete neben dem Pferd auf dem Hosenboden. Möhrchen schüttelte wieder den Kopf. Was jetzt? Krüger wollte versteckt zwischen den Bäumen bleiben, den Bauern beobachten und dann zu Fuß in eine andere Richtung fliehen. Dann schoss der Bauer erneut. Dreimal, in alle Richtungen.

Auch Möhrchen hatte nun verstanden, dass ihr alter Besitzer keine Rücksicht auf Verluste nahm, auch nicht auf sie. Offenbar entschied sie sich für Krüger. Sie schlichen durch das Waldstück und suchten nach dem besten Ausgang, um unbemerkt fliehen zu können. Noch ein Schuss, noch näher. Möhrchen war spürbar nervös. Krüger versuchte Möhrchen klarzumachen, dass sie jetzt besser nicht wieherte. Sie schien das zu verstehen. Offenbar war ihr instinktiv klar, dass sie nur gemeinsam aus dieser Lage herauskamen. Der Bauer war noch gute 20 Meter entfernt. Der Vollmond aber machte ein weißes Pferd in einem undichten Waldstück gut sichtbar.

Krüger hatte einen Blitzgedanken. Er bedeutete Möhrchen, leise zu sein und stehen zu bleiben. Dann schlich er in Richtung des Bauern. Er versteckte sich hinter den mächtigen Eichen und Buchen. Der Bauer war jetzt keine sieben Meter weit entfernt, wendete sein Pferd immer wieder von rechts nach links und suchte seine flüchtige Stute. Krüger schlich sich noch näher heran. Er war 13 Jahre alt. Was konnte er gegen einen reitenden, bewaffneten Mann, der hier zudem ein Heimspiel hatte, ausrichten? Noch drei Meter. Nur ein dicker Baumstamm trennte Krüger noch von der Grasfläche, auf der der Bauer lauerte. Er beobachte den Mann mit dem Schießeisen. Sein Pferd drehte sich in Richtung Bauernhof. Jetzt! Krüger rannte auf das Pferd und den Bauern zu. Bevor sie reagieren konnten, griff Krüger das rechte Bein des Bauern, drückte von unten dagegen und hob den Bauern so aus dem Sattel. Er rannte um das Pferd herum zum nun auf der Erde liegenden Bauern. Der war hart gelandet und rieb sich laut stöhnend den Kopf. Krüger nutzte das und entriss ihm mit einem Ruck die Schrotflinte. Der Bauer bekam es mit der Angst zu tun. Ein mittelgroßer Junge zielte auf ihn, alles war möglich. Krüger gab dem gesattelten Pferd einen Klapps und bedeutete ihm, nach Hause zu trotten. Dem Bauer signalisierte er mit vorgehaltener Schrotflinte dasselbe. Der Bauer fluchte. Aber er hatte Angst und gehorchte. Er stand auf und ging widerwillig hinter seinem Pferd her in Richtung Bauernhof. Krüger sah, dass die Gefahr vorüber war. Er konnte nur hoffen, dass Möhrchen nicht auch Reißaus genommen hatte. Er drehte sich um, aber er sah sie nicht. Er entleerte die Schrotflinte und warf sie in die Büsche. Dann ging er in das Waldstück hinein und hörte ein lautes Kauen. Die Stute hatte sich über den Rest der Mohrrüben hergemacht. Dauerfresser, das hatte Krüger schon mal gehört. Krüger ging zu ihr und streichelte sie. Den Bauer hatte er vertrieben, aber sie mussten trotzdem sehen, dass sie weiterkamen. Krüger rannte los und Möhrchen spielte mit und rannte neben ihm her. Erstmal nichts wie weg. Richtung egal, Hauptsache weit weg hier. Es konnte jederzeit passieren, dass der Bauer mit einem weiteren Gewehr erneut die Verfolgung aufnahm. Krüger rannte und rannte. Möhrchen trabte neben ihm. Nach einer Stunde konnte er nicht mehr und hielt an. Die Stute tat es ihm gleich und fraß etwas Gras. Krüger streichelte sie, so intensiv er konnte. Sie hatte zu ihm gehalten in einer Notsituation. Das schweißte sie schon nach so kurzer gemeinsamer Zeit zusammen. »Was für ein tolles, treues Tier«, dachte Krüger. »Mein Möhrchen.« Das Pferd genoss die unbeholfenen, aber intensiven Streicheleinheiten.

Krüger atmete durch. Was für ein Abenteuer. Das hier war das

Schönste, was er seit langer, langer Zeit erlebt hatte. Tausendmal besser als Kaninchen mit dem Fahrrad jagen, abspringen und sie packen. Die Kaninchen musste er anschließend immer töten. Sie waren schließlich zum Essen da. Nicht zum Streicheln.

Bis es hell würde, mussten sie so viele Kilometer wie möglich schaffen. Ungesehen. Sonst würden die Leute in der Nähe nach Sonnenaufgang sofort verstehen, dass das weiße Pferd nicht zu dem Jungen gehören konnte. Er war schließlich ohne Pferd gekommen. Um niemandem zu begegnen, musste er also einen anderen Rückweg wählen. Das war ohne Landkarte nicht so einfach. Auch pausieren konnten sie nicht ewig. Noch war der Bauernhof zu nah. Und wer weiß, wer das weiße Pferd sonst noch kannte und ihnen Schwierigkeiten bereiten würde. Reiten, dachte Krüger. Er musste reiten lernen. Möhrchen musste ihm zeigen, wie das geht.

Aber wie kam er auf Möhrchens Rücken? Der war hoch wie ein Berg. Krüger sah sich um. Also klettern. Auf einen Baum. Er führte Möhrchen zu einem Apfelbaum. Das war nicht so schwer. Denn Möhrchen mochte Äpfel offenbar nicht weniger als Mohrrüben. Sie begann sofort, ihren Hals nach ihnen zu strecken und einen nach dem anderen zu vertilgen. Krüger musste sich beeilen, damit sie sich nicht zu weit entfernte. Klettern konnte er. Wie ein Affe, die Hände um den Stamm, lief er den Baum hinauf. Balancierte über den ersten großen Ast, immer weiter nach oben. Möhrchen war irgendwo unter ihm. Aber sie wusste ja nicht, was er vorhatte. So lange kannten sie sich schließlich noch nicht. War sie überhaupt ein Pferd zum Reiten? Oder bloß ein Ackergaul? Krüger hatte keine Ahnung. Doch er würde es bald wissen. Was hatte er schon zu verlieren? Aber wie sollte er sie zu sich locken? Der Sack mit den restlichen Möhren stand unten und dann waren da ja noch die Äpfel. Sprechen, dachte Krüger. Liebevoll mit ihr sprechen. Möhrchen aber mampfte unbeirrt weiter ihre Äpfel.

Da, wo die für sie günstig hingen, nicht da, wo Krüger auf sie wartete. Krüger rief das Pferd. Aber es hörte nicht.

Sie weiß ja gar nicht, dass sie Möhrchen heißt, dachte Krüger. Er machte Geräusche, schnalzte mit der Zunge. Aber Möhrchen kam nicht. Er blickte verzweifelt gen Himmel: »Lieber Gott: was soll ich machen?« Er wartete. Und wartete. Nichts. Und dann doch. Er hatte plötzlich wieder eine dieser Eingebungen. Er wusste selbst nicht genau, woher die immer kamen. Vom lieben Gott, dachte er. Aber er verstand einfach nicht, warum er so viel einstecken musste, wenn es einen lieben Gott gab. Sei's drum: Krüger begann zu singen. Ihn hörte ja keiner. Kein Grund also, sich zu schämen. »Hänschen klein, ging allein ...« Das war das Erste, was ihm einfiel aus seiner weitestgehend verdrängten üblen Kindheit. Aber jetzt war er ja wieder Kind. Völlig unbeschwert und frei. Möhrchen bewegte ihre Lauscher. Das Gehör von Pferden ist um ein Vielfaches besser als das von Menschen. Krüger sang nun lauter und lachte dabei. Seine gute Laune schien anziehend zu sein. Möhrchen kam immer näher. Krüger setzte sich auf den Ast. Wenn Möhrchen direkt unter ihm stünde, hatte er nur einen Versuch. Er war fast drei Meter über dem Erdboden. Aber Krüger kannte keine Angst. Er wartete. Möhrchen war jetzt fast unter ihm. Krüger sang weiter: »Stock und Hut, steh'n ihm gut.« Möhrchen schüttelte ihren Kopf, blubberte und wieherte. »Doch nun ist's kein Hänschen mehr. Nein, ein großer Hans ist er.« Krüger ließ langsam die Beine nach unten, nicht ohne sich gut am Ast festzuhalten. Mit der Nummer könnte er mal wieder im Zirkus auftreten. Wenn sie gut ging. »Eins, zwei, drei, geh'n vorbei, fragen sich, wer das wohl sei.« Krüger ließ los. Plumps. Krüger saß. Schwer zu sagen, wer von den beiden überraschter war über die neue Situation. Lieber weitersingen, dachte Krüger. »Hans, mein Sohn, so ein Glück, endlich bist zurück.« Das Pferd war so groß, und Krügers Beine so kurz, dass sie ihm kaum

Halt gaben. Meine einzige Chance, dachte Krüger, besteht darin, dass sie mich mag. Möhrchen schien noch zu überlegen. Krüger legte vorsichtig seinen Oberkörper ab, dann auch seinen Kopf. Er streichelte ihren Hals. Er war nun völlig ausgeliefert. Ohne Erfahrung. Ohne Kontrolle. Wenn die Stute zu schnell loslaufen oder ausschlagen sollte, würde er einfach nach unten fallen. Er begann das Lied von vorn. Und streichelte Möhrchen die Brust. Und siehe da: die Stute ließ sich all das gefallen. Sie hörte sogar auf, Äpfel zu fressen. Krüger und Möhrchen. Sie waren jetzt ein Paar. Ganz vorsichtig ging die Stute voran. Das Band zwischen ihnen war noch zart und dünn. Krüger wollte es um keinen Preis der Welt zerstören. Er streichelte sie weiter und schmiegte sich an sie. Möhrchen ließ das alles geschehen. So viel körperliche Nähe hatte Krüger noch nie erlebt. Und er hatte das Gefühl, dass seine Liebe erwidert wurde. Der Sack mit den Möhren war am Apfelbaum liegen geblieben. Aber die Stute hatte viele Äpfel gegessen. Das musste fürs Erste reichen. Krüger wusste nicht genau, wo entlang der Weg nach Hause führte. Nur so ungefähr. Anders als auf dem Hinweg, konnte er auch niemanden fragen. Ein Junge auf einem weißen Pferd ohne Sattel. Das war zu verdächtig. Krüger hielt sich an Möhrchens Mähne fest und lenkte sie, so gut er konnte. Reiten konnte man das nicht wirklich nennen. Krüger lag, hing oder baumelte irgendwie auf Möhrchen. Doch die warf ihn nicht ab. Vielleicht war das schon ihre Art, seine Liebe zu erwidern, fragte sich Krüger. Er genoss jede Sekunde ihres gemeinsamen Abenteuers. So viele positive Gefühle hatte er ewig nicht gehabt. Alles Böse war weit weg. Das tat ihm gut, und es gab ihm eine immense Kraft. Möhrchen schien das zu fühlen. Seine gute Laune strahlte auf das sensible Tier ab. Fast egal war ihm, ob sie in die richtige Richtung unterwegs waren. Hauptsache sie waren zusammen. Der Gedanke, gar nicht nach Hause zurückzukehren, kam ihm damals noch nicht. Zumindest nicht stark genug. Da war ja noch die Mutter, die er irgendwie retten musste. Und der Vater, der noch irgendeine Art von Strafe kriegen musste. Auf ein paar Tage mehr oder weniger kam es jetzt nicht an. So glitten sie durch die dunkle Nacht. Wie im Rausch. Nur der Mond war ihr Zeuge. Krügers Gesicht klebte an dem warmen Fell. Er war glücklich. Plötzlich ein Rumms. Und ein Platsch.

Krüger lag in einem See. Er musste eingeschlafen sein. Es dämmerte schon. Möhrchen stand neben ihm und trank. Offenbar hatte sie Durst und diesen See gefunden. Sie mussten sechs, vielleicht sieben Stunden unterwegs gewesen sein. Es wurde schon hell. Krüger kam es vor, als sei die Zeit viel schneller vergangen. Dass Verliebten ihr Zusammensein das Zeitgefühl raubte, davon hatte Krüger damals noch keine Ahnung.

Das kühle Wasser hatte Krüger im Nu geweckt. Seine gute Laune hielt an. Er spritze Möhrchen nass und tobte lachend um sie herum. Sie ließ sich all das gefallen. Ihr Schweif schwang hin und her. Sie war offenbar ebenfalls gut gelaunt. Es war Krügers gute Energie, die sie bei ihm hielt. Und Krüger war außer sich. Einfach Kind. Ohne Kummer. Ohne Groll, Wut und Hass. Er fühlte sich nicht wie ein Pferdedieb. Keine Spur von schlechtem Gewissen. Möhrchen und er waren frei. Gefährten. Füreinander bestimmt. Sollte er doch einfach durchbrennen? Er würde schon klarkommen. Zur Schule musste er ohnehin nicht mehr. Zu Hause erwarteten ihn nur Schläge. Aber musste er nicht dafür sorgen, dass die Mutter Essen auf den Tisch stellen konnte? Seine sieben jüngeren Geschwister waren ihm egal, die waren eher eine weitere Last. Nur die Mutter konnte er einfach nicht ihrem Schicksal überlassen. Sobald er seinen Vater sähe, würde wieder die Wut in ihm aufsteigen. Aber vielleicht, hoffte Krüger, würde er bei seiner Rückkehr mit Möhrchen endlich mal ein Danke zu hören bekommen. Statt Schlägen. Ja, das war Krügers große Hoffnung. Also weiter. Nach Hause, dachte er und sah nach Möhrchen. Aber die hatte es sich nach dem stundenlangen nächtlichen Ritt erstmal am Ufer bequem gemacht und wollte offensichtlich schlafen. Krüger legte seinen Kopf auf ihren Bauch und war nach wenigen Minuten ebenfalls eingeschlafen.

Stunden später wachten sie auf. Möhrchens Körper war warm. Beide tranken sie im See noch ein paar kräftige Schlucke. Also los. Aber wie? Krüger musste wieder irgendwie auf Möhrchens Rücken. Kein Baum weit und breit. Er wollte Möhrchen nicht weh tun und sich nicht an der Mähne nach oben ziehen. Er sprach mit ihr und sagte, sie solle sich hinsetzen. Aber wie macht ein Pferd Sitz?, fragte sich Krüger. Offenbar nicht wie ein Hund. Dafür war es zu groß. Vielleicht muss es sich vorher hinlegen, überlegte Krüger. Es wusste ja nicht, dass selbst erfahrene Reiter das Sitzmachen tage-, wenn nicht wochenlang mit ihren Pferden übten. Mit Halfter, Leine sowie mit Zeichen mit der Gärte und lange trainierten Kommandos. Das große Tier fängt dann an zu schaben, kniet sich mühevoll auf die Vorderbeine und lässt sich dann meistens laut schnaubend mit den Hinterbeinen nieder. Hätte er sich doch gleich auf sie daraufgesetzt, als sie noch lag, dachte Krüger. Jetzt machte sie keinerlei Anstalten, sich niederzulassen. Menschensprache versteht Möhrchen nicht, dachte Krüger. Er musste also Pferdesprache sprechen. Körpersprache.

Krüger erinnerte sich an das Schaben vor dem Hinlegen. Also stellte er sich neben Möhrchen und schabte mit dem Fuß im Boden. »Du auch, Möhrchen«, sagte er wieder und wieder. Vorsichtig nahm Krüger ihr Bein und zog es langsam nach hinten. »Du auch.« Möhrchen verstand ihn. Es war wie ein Wunder. Sie schabte mit dem linken Vorderbein.

»Leg dich hin«, sagte Krüger. Aber Möhrchen verstand nicht. Krüger ging auf alle viere. Schabte nochmal und ließ sich dann ganz zu Boden. Da lag er nun, und Möhrchen blickte ihn aus ihren tiefen braunen Augen fragend an. Sie stupste ihn mit der Nase, als wolle sie sich vergewissern, ob ihm etwas passiert sei. Mit dem Maul berührte sie erst seinen Oberkörper, dann seinen Kopf. Wohl um ihn zum Aufstehen aufzufordern.

Krüger stand auf, nahm wieder ihr linkes Vorderbein, schabte mit seinem linken Vorderbein und zog dann auch ihres durch den Sand. »Und jetzt leg dich hin«, sagte Krüger. »Hinlegen. Keine Angst.« Möhrchen schnaubte nervös. Wieder sah sie ihn aus tiefen Augen an. Das Ganze schien eine Sache des Vertrauens zu sein, dachte Krüger. Er musste ihr zeigen, dass das auf Gegenseitigkeit beruhte und kam wieder auf allen vieren zum Liegen. Möhrchen zögerte. Dann schabte sie erneut. Diesmal eigenständig. Schnaubte. Ging vorne auf die Knie und ließ sich dann tatsächlich hinten nieder. Krüger umarmte sie und streichelte sie, so zärtlich und doch kräftig wie er konnte, am Bauch. Das mochte sie. Möhrchen verstand, dass sie getan hatte, was er wollte. Sie wollte wieder aufstehen. Krüger erhob sich schneller und stellte sich so nah wie möglich an sie heran. Möhrchen kam beim Aufrichten kurz zum Sitzen. Krüger nutze diese Sekunde und stieg auf ihren Rücken. So gut das eben ohne Sattel ging. Während ihres nächtlichen Rittes hatte er ja mehr auf ihr gehangen als gesessen und war demzufolge immer noch ein vollkommen ungeübter Reiter. Aber Möhrchen schien nichts dagegen zu haben und richtete sich nun auf. Krüger hielt sich an ihrer Mähne fest, klammerte die andere Hand um Möhrchens Hals und presste seine kurzen Beine so gut wie möglich von beiden Seiten an ihren Bauch. Jetzt stand Möhrchen und Krüger saß auf ihr. Abgeworfen hatte sie ihn bisher nur bei der Ankunft am See. Ins Wasser. Offenbar galt es nun, irgendwie einen gemeinsamen Rhythmus zu finden.

Vorsichtig und doch bestimmt versuchte Krüger Möhrchen mit ihrem Kopf zu lenken. Und so ritten sie los in Richtung Heimat.

Vor ihnen nur Felder und Wiesen, keine Menschenseele weit und breit. Ihre einzige Orientierung war die Sonne, das gehörte zu den Dingen, die Krüger gelernt hatte. Wirklich genau aber war das natürlich nicht, es ging nur um die ungefähr richtige Richtung. Sie waren jetzt weit genug gekommen, um nicht mehr mit dem Bauern als Besitzer von Möhrchen in Verbindung gebracht zu werden. Wenn sie einen Hof passierten, traute sich Krüger, nach dem Weg oder nach etwas zu essen zu fragen. Seine positive Aura, sein zartes Alter und das schöne Pferd bewegten die Bauern jedes Mal dazu, ihnen ein Stück Brot, ein paar Kartoffeln von gestern, Äpfel, Möhren, Wurst und Käse zu geben. Einige fragten, warum Krüger ohne Sattel reite. Der ist uns gestohlen worden, antworte Krüger dann. Das hatte er sich so überlegt. Besser Opfer als Täter. Das wollen die Menschen hören. Keiner hakte groß nach, und man wünschte ihnen stets eine gute Weiterreise.

Nach vier Tagen näherten sie sich dem Elternhaus. Krüger war voller Vorfreude. Er würde dem Vater den Plan mit der Egge schon erklären. Schließlich würde Krüger alles alleine machen. Der Vater konnte weiter seinen Hilfsarbeitertätigkeiten nach-gehen, die immer zu wenig Geld einbrachten, um der Groß-familie ein gutes Leben zu ermöglichen. Krüger war jetzt mit der Schule fertig oder besser die Schule mit ihm und würde dazu beitragen, dass genug Essen auf den Tisch kam. Regelmäßig und nicht nur durch Kaninchenjagen.

Seine Mutter kam aus dem Haus. Sie hielt die Hände vors Ge-sicht. Vor Freude. Nach fast zehn Tagen hatte sie sich offenbar doch Sorgen gemacht, dass ihm etwas zugestoßen sein könnte. Nun kamen auch seine Geschwister. Sie jubelten. »Ein Pferd, ein Pferd. Der Bruder hat ein Pferd mitgebracht.« Krüger stieg ab. Alle wollten Möhrchen streicheln. Die Mutter sagte ihm, dass sie nicht wissen wolle, woher er das Pferd habe. »Von weit genug weg«, sagte Krüger. »Deswegen kommt keiner zu uns.« Krüger erklärte ihr seinen Plan mit dem brachliegenden Stück Land und mit der Egge, die er noch irgendwo auftreiben werde. Die Mutter nickte zustimmend. Sie hoffe nur, dass der Vater einverstanden sei, wenn er nach Hause kommt.

Krüger band Möhrchen mit einer ganz langen Leine im Garten an. Die Geschwister brachten Möhren, Äpfel und Heu. Vor allem die vier Mädchen waren begeistert. Krüger war der Held, der Ritter, der ein weißes Pferd mitgebracht hatte. Krüger nahm das zur Kenntnis. Gemeinsam mit der Mutter wartete er in der Küche auf die Ankunft des Vaters. Es war schon dunkel. Das sprach leider dafür, dass der Vater noch einen Abstecher im Dorfkrug gemacht hatte. Aber was konnte schlimmer sein als all das Schlimme, das sie mit ihm schon erlebt hatten?

Krüger sah noch einmal nach Möhrchen. Sie hatte sich zum Schlafen auf das Gras gelegt und war dankbar für seine Streicheleinheiten. Das Pferd hatte eine ganz neue, aber auch alte Seite in ihm offenbart. Eine weiche, zarte, liebe- und hoffnungsvolle, kindliche Seite. Krüger war voller Freude. Schluss mit der ernsten Miene. Mit offenem Visier würde er seinem Vater begegnen und ihm seine Pläne darlegen. Dann hörte er die Mutter: »Er kommt«, flüsterte sie. Und tatsächlich torkelte der Vater vor sich hin fluchend auf das Haus zu. Die Mutter lief ihm entgegen und erzählte ihm die tollen Neuigkeiten. Dass der Sohn unversehrt zurück sei und ein gesundes, starkes Pferd mitgebracht habe. Krüger kam dazu. »Genau, Vater«, sagte er, »und damit werde ich unser braches Land beackern und wir werden Kartoffeln haben und Möhren und Salat und müssen nicht mehr einkaufen.«

Der Vater hielt inne. »Was? Ein Pferd? Wo?« Krüger und die Mutter führten ihn hinter das Haus, wo Möhrchen vor sich hindöste. Der Vater begutachtete die neue Mitbewohnerin. »Pferdefleisch ist gut«, sagte er. Mehr sagte er nicht. Krüger traute seinen Ohren nicht. Der Vater war zurück ins Haus verschwunden.

Kramte unüberhörbar in der Küche herum auf der Suche nach was auch immer. Kam wieder heraus mit dem riesigen Messer, mit dem er die Kaninchen zerlegte, wenn Krüger welche gefangen hatte. Krüger war in Alarmzustand. Die Mutter warf sich dem Vater in den Weg.

»Nein, das kannst du nicht machen«, flehte sie. »Der Junge hat so tolle Pläne.«

»Scheiß auf den Jungen und all seine Pläne. Wir wollen nicht nächstes Jahr Kartoffeln essen, wir haben jetzt Hunger. Was sollen wir mit einem Pferd? Wenn nicht schlachten und essen?«, entgegnete der Vater. Die Mutter wurde energischer, hob die Faust wie ein Boxer in Abwehrhaltung. Möhrchen riss hektisch immer wieder den Kopf hoch und schüttelte ihn. Ihr Schweif klemmte zwischen ihren Beinen. Das Pferd hatte Angst. Der Vater hob den linken Arm mit dem Messer.

»Ich bring euch alle um, jeden, der sich mir in den Weg stellt«, brüllte er die Mutter an.

Sie tat es trotzdem. Dann schlug er mit seiner Rechten zu. Mit der Faust. Mitten in ihr Gesicht. Blut schoss aus ihrer Nase. Krüger rannte in den Schuppen und kam mit einer Forke wieder. Er stellte sich vor Möhrchen und fuchtelte damit in der Luft herum:

»Das kannst du nicht tun, Vater«, rief er. »Möhrchen ist so ein gutes Tier. Sie ist stark. Und lieb. Sie ist unsere Zukunft.«

»Wir haben keine Zukunft«, brüllte der Vater. »Wir haben nur jetzt und hier. Und ich werde dieses Tier schlachten und die Mutter wird uns daraus was Leckeres kochen. Was sollen wir mit einem Pferd im Garten?«

Krüger überlegte, ob er Möhrchen losbinden und flüchten sollte. Wo konnten sie hin? Er hielt noch immer die Forke in Richtung seines Vaters, dessen Augen verrieten, dass er nur mit Gewalt von seinem mörderischen Plan abzuhalten sein würde. Krüger entschied sich für den Fluchtplan. Er ließ die Forke los und sprintete zu dem Seil, mit dem Möhrchen an einen Baum gebunden war. Schnell den Knoten lösen und weg, dachte Krüger. Möhrchen war längst aufgestanden, sie ahnte, dass es gleich los ging.

Der Vater aber hatte in der Zwischenzeit die von Krüger hingeworfene Forke aufgehoben. Er griff sie am Stiel. Die Spitze aus Gusseisen und schwer. Der Vater holte aus und die Rückseite des schweren Dreizacks landete genau auf Krügers Kopf. Und während Krüger taumelte, holte der Vater erneut aus und traf ihn ein zweites Mal. Wieder am Kopf. Krüger wurde schwindelig. Er ging zu Boden. Möhrchen reckte den Kopf in Krügers Richtung. Stupste ihn mit der Nase. Der Vater sprang in Möhrchens Richtung, jetzt hatte er wieder das scharfe Messer in der Hand. Er packte Möhrchen am Hals und schnitt ihr die Kehle durch. Ein glatter Schnitt. Die Schlagader war durchtrennt. Möhrchen sackte zu Boden und verblutete in wenigen Minuten.

Krüger wusste nicht, was er falsch gemacht hatte. Er hatte neue Wege gewagt, war nicht falsch abgebogen. Er war allein mit all seinem Mut mehr als 100 Kilometer marschiert. Mit guten Absichten. Hatte einen Schrotflintenangriff überstanden. Er konnte es seinem Vater nicht recht machen. Egal, was er tat: alles wurde immer nur noch schlimmer.

GOLIATH

Das Stadtfest in der 150 000 Einwohner-Stadt war das Paradies für jeden Säufer. Drei Tage lang drängten sich zehntausende Menschen in der größten Fußgängerzone in Norddeutschland. Es gab alle paar Meter einen Bierstand und Musik und alle hatten nur ein Ziel: sich mächtig zu betrinken. Ein Paradies für Taschendiebe und Grabscher. Aber beides war nicht Krügers Ding. Er war ja kein Krimineller. Er ließ höchstens auf Baustellen das ein oder andre Werkzeug mitgehen, im Supermarkt mal eine Flasche Schnaps in der Jacke verschwinden oder er prellte in Kneipen die Zeche. Auf dem Stadtfest war das besonders einfach. Zu viele Menschen an den Bierständen. Die Lage war unübersichtlich für die Wirte. Und eine Verfolgung der Zechpreller war angesichts des Gedränges vollkommen sinnlos. Meistens aber ließ Krüger sich einladen. Jeder war hier binnen Sekunden jedermanns Freund, Benimmregeln gab es wenige, es wurde gelacht und gefeixt und getanzt. Die Frauen zeigten sich kontaktfreudiger als im Rest des Jahres, alle waren gut gelaunt. Das Stadtfest war ein Menschenmagnet. Sitzbänke waren seit Jahren abgeschafft: kein Platz. So dicht stand man hier beieinander. Karneval in Norddeutschland. Nur ohne Kostüme. Die Apotheker bestellten Kopfschmerztabletten in großen Kisten und trotzdem waren die Tabletten überall schnell vergriffen. Drei Tage lang galten all die Regeln nicht, die sonst den Alltag, die Ehen und den Umgang miteinander bestimmten. Die Stadtbewohner versuchten traditionell, alle drei Tage durchzufeiern. Das ging an Tag zwei bei den Trinkfesten auch noch ganz gut, an Tag drei aber pfiffen die meisten aus dem letzten Loch. Und wenn es dann in der dritten Nacht langsam hell wurde, dann war das Stadtfest mal wieder vorbei, mal wieder das beste aller Zeiten, alle hatten ihren Spaß gehabt und die mobilen Wirte hatten mächtig Reibach gemacht.

Die Straßen in der Fußgängerzone wurden leerer. Krüger war jetzt 36 und lebte wortwörtlich von der Hand in den Mund. Sein Geld reichte gerade noch für ein letztes Bier. Was er hatte, genügte seit Jahren immer gerade so für den Augenblick. Weil er immer alles, was er gerade verdient hatte, sofort vertrank. Er nahm das Bier und wankte vollkommen benebelt durch die schwarz-weiß gepflasterte Einkaufsstraße. Die letzten Stadtfestbesucher torkelten nach Hause. Die Wirte bauten ihre Stände ab. Die Sonne drohte den Nachtschwärmern damit, schon bald wieder aufzugehen. Dann rief jemand seinen Namen. Oder träumte er? Seine Sicht war getrübt, es war ja noch dunkel, sein Blick benebelt, aber seine Ohren hörten seinen Namen. Laut und kräftig:

»KRÜGER! BIST DU DAS?« Krüger versuchte zu verstehen, woher das kam. Er wankte vorwärts, nahm noch einen Schluck aus dem Plastikbecher. Wer konnte das sein? Ein Arbeitskollege von der Baustelle?

»KRÜGER! BLEIB MAL STEHEN! DU BIST ES DOCH ODER?« Die Stimme kam näher. Von vorne. Es musste ein Mann sein. Ein lauter Mann. Der sich auf ihn zu bewegte. Er war groß. Ein Scheinriese? Viel größer als er selbst. Krüger setzte sich auf einen Blumenkasten. Versuchte, seinen Blick scharf zu stellen. Der Mann stand plötzlich vor ihm. Er kannte das Gesicht. Aber dass er es zuletzt gesehen hatte, musste lange her sein. Eher Jahrzehnte als Jahre. Der Mann war groß, nein nicht groß: er war wirklich riesig. Eine Erscheinung. Krüger hatte von jeher Respekt vor Riesen. Der Riese war etwas jünger als er. Gut und zugleich lässig gekleidet. Sakko und so. Rote Hose. Wildlederschuhe. Sein

Organ war so laut, als spräche er den ganzen Tag nur mit Taubstummen. Am liebsten hätte er sich die Ohren zugehalten.

»KRÜGER!« So laut hatte noch nie jemand seinen Namen gesagt. Nicht mal zu Hause. Wo ja nur gebrüllt worden war. Nirgendwo hatte jemals irgendjemand so laut »KRÜGER« gebrüllt. Bei keiner Schlägerei. Nicht im Gerichtssaal und auch nicht im Gefängnis.

»KRÜGER! BIST DU DAS?« Woher kannte er ihn? Den Riesen vor ihm kannte er nicht, aber den Menschen, der in diesem Goliath-Körper steckte. Krüger konzentrierte sich. Seinem benebelten Zustand zum Trotz. Und tatsächlich. Da war eine Erinnerung: Krüger erkannte ihn. Goliath war aus seinem Dorf. Er war ein paar Klassen unter Krüger zur Schule gegangen. Der Sohn der Dorfschullehrerin. »Seiner« Dorfschullehrerin, die ihn in die zweite, dritte und vierte Klasse versetzt hatte. Eine Witwe. Ihre Geschichte kannte jeder im Dorf, weil sie so tragisch war. Der Ehemann der Dorfschullehrerin, war, kaum aus dem Krieg heimgekehrt, ein Jahr später an einer Krankheit verstorben, weil es im Dorf noch keine Antibiotika gab. Der Sohn hieß es, habe die Schule gut abgeschlossen und sei in die weite Welt gegangen. Nach Berlin. Zum Studieren. Voller Hochachtung hatte man im Dorf von ihm gesprochen. Nur wenige dort Geborene hatten es so weit gebracht. Krüger erinnerte sich gerne an die früh verstorbene Dorfschullehrerin. Sie war die Einzige, abgesehen natürlich von seiner Mutter, die ihn als Kind fair und gerecht behandelt hatte. Sie war streng mit ihm, aber das war in Ordnung. Denn sie war nicht gemein. Und sie hatte stets verhindert, dass er von den Mitschülern ausgelacht wurde, wenn er mal wieder eine Antwort nicht wusste. So musste er in der Pause auch niemanden verkloppen und die Dorfschullehrerin hatte somit in weiser Voraussicht auch seine Mitschüler vor Schlimmerem bewahrt. Doch auch sie war früh verstorben, an Weihnachten, daran erinnerte sich Krüger noch. Er hatte ihr Grab ausgebuddelt und ja, der Sohn war damals aus Berlin zur Beerdigung gekommen, und da hatte Krüger gehört, dass er Medizin studiere. Krüger war kein neidischer Mensch und er wusste auch nicht, ob es bei ihm selbst für die weite Welt gereicht hätte, wenn er der Sohn einer Dorfschullehrerin gewesen wäre. Aber er erinnerte sich, dass die Menschen Mitleid mit dem Mann hatten und ihm mit Respekt begegneten. Nicht nur wegen seiner für Dorfverhältnisse ungewöhnlichen Körperlänge. Dazu die absurde Schuhgröße 52. Solch große Schuhe gab es im Dorf gar nicht. Der Junge war schon mit 14 nach oben hin ausgewachsen und musste lange Zeit mit Gummistiefeln Vorlieb nehmen, um überhaupt Schuhe tragen zu können. Krüger sah auf Goliaths Füße. Die waren immer noch so groß. Natürlich. Aber offenbar hatte er jetzt schicke Schuhe, die groß genug für ihn waren. Eine schöne Frau hatte er in Berlin auch gefunden. Krüger erinnerte sich daran, dass sie Goliath bei der Beerdigung damals die ganze Zeit die Hand gehalten hatte.

»JETZT SAG ENDLICH, KRÜGER: DU BIST ES DOCH ODER?« Wo hatte Goliath so laut sprechen gelernt? Schrien alle Riesen? Oder war es der Alkohol, der Krügers Wahrnehmung beeinträchtigte.

»Ja,«, erwiderte er. »Ich bin Krüger. Vielmehr das, was von ihm übrig ist.«

»DU BIST SÄUFER GEWORDEN, HAST HAUS UND HOF VERSOFFEN, HAB ICH GEHÖRT, STIMMT DAS?«

Mit jedem anderen hätte sich Krüger längst geprügelt, aber seine Wut kam nicht in Wallung, und folglich kamen seine Fäuste auch nicht in Bewegung. Krüger verstand selbst nicht warum.

»Ja. Das stimmt leider«, erwiderte Krüger.

»WENN DEINE MUTTER DICH VOM HIMMEL AUS SO SEHEN KÖNNTE, SIE WÜRDE SICH IN DEM VON

DIR AUSGEBUDDELTEN GRABE UMDREHEN«, erwiderte der Riese.

Das war Krügers wunder Punkt. Seine Mutter. Krüger wurde trübselig. Er seufzte. Goliath kramte mit seinen riesigen Händen sein Portemonnaie hervor, zog eine Visitenkarte heraus und gab sie Krüger. Sie war normalgroß.

»DA STEHT DIE ADRESSE MEINER PRAXIS: DA WILL ICH DICH HEUTE FRÜH UM 11 UHR SEHEN: DU BRAUCHST HILFE. SO GEHT DAS NICHT WEITER MIT DIR: HABEN WIR UNS VERSTANDEN?«

Krüger sah auf die Visitenkarte, er traute sich kaum, zu Goliath aufzuschauen. Er klammerte sich an den Plastikbecher mit dem Bier und nickte zaghaft.

»TRINK DAS JETZT VOR MIR AUS«, brüllte Goliath, seine Stimme blieb unerträglich laut.

»ES WIRD DAS LETZTE BIER SEIN, DAS DU IN DEINEM LEBEN ANRÜHRST.«

Krüger war, zum ersten Mal seit er denken konnte, verlegen. Aber er gehorchte der Autorität. Nahm noch einen tiefen Schluck. Dann war der Becher leer.

HILDBURG

Die erste große Hürde in Krügers Leben war seine Geburt. Mit seinem quadratischen Schädel und seinen 4800 Gramm aus seiner Mutter herauszuschlüpfen, war ein Stück Arbeit. Aber seine Mutter, die natürlich den Großteil der Geburtsarbeit zu verrichten hatte, war sehr hart im Nehmen, und so erblickte er ein Jahr nach Kriegsbeginn mit Hilfe einer Hebamme das Licht der Welt. Die nächste große Hürde war fünf Jahre später die erste Klasse. Dreimal nahm er Anlauf. Und scheiterte. Dauerschleife. Er kam einfach nicht eine Runde weiter. Dafür hatte er jedes Jahr neue Mitschüler. Die lachten, wenn er vom Lehrer befragt wurde und einfach von nichts eine Ahnung hatte. Aber draußen, auf dem Schulhof, lachten sie nicht über ihn. Dass er der Stärkste war, hatte sich schnell rumgesprochen. Und spätestens nach einem Jahr war er ja obendrein der Älteste in der Klasse, also auch größer als die meisten. Dann, am Ende des dritten Jahres, sagte ihm der Lehrer, er habe noch eine letzte Chance. Krügers Sanduhr war gestellt. Nach den Sommerferien wieder neue Mitschüler. Krüger war kein Riese, aber jetzt mit weitem Abstand der Älteste und Größte in der Klasse. Und da saß sie: Hildburg. Sie war so schön, dass sich alle Jungs sofort in sie verliebten. Alle wollten ihre Hand halten. Schrieben ihr kleine Liebeszettel. Doch wenn sie dann abgelehnt wurden, reagierten einige trotzig. Ärgerten Hildburg. Krüger war genauso verliebt, aber das zeigte er nicht. Nein. Er beschützte sie vor den übergriffigen Verehrern. Das war seine Art, Zuneigung zu zeigen. Sie erkannte darin sofort einen großen

Nutzen. Auch erkannte sie Krügers Not mit den Buchstaben und Zahlen. Also ließ sie ihn zum Dank abschreiben. Sie war nicht nur schön, sie war auch gut in der Schule. Es war für beide ein gutes Geschäft. Ein Tausch. Schutz gegen Informationen.

Krüger hatte jetzt einen Lauf. Für seine Verhältnisse. Dank Hildburg. Aber nicht nur dank Hildburg. Auch die Dorfschullehrerin war neu. Aufmerksam beobachtete sie Krügers vermeintliche Fortschritte. Ihr Vorgänger hatte ihr natürlich berichtet, dass sie ein besonderes Augenmerk auf Krüger haben müsse: letzte Chance, nur drei Murmeln im Hirn, Sanduhr gestellt und so weiter. Mit einem Lächeln nahm die Dorfschullehrerin auch das Werben der Erstklässler um Hildburgs Gunst wahr. Ihre unschuldige Koketterie. Und die ein oder andere Beule bei den Jungs, wenn offenbar mal wieder einer von den Abgeblitzen Krügers damals noch kleine Fäuste kennengelernt hatte. Krüger liebte die schöne Schrift der Dorfschullehrerin. Ach könnte er das doch auch, dachte er. Aber der liebe Gott verteilt nun mal nur 100 Punkte. Und er hatte ja Kraft. Die Dorfschullehrerin hatte zudem eine vergleichsweise sanfte Art. Wenn er mal wieder eine Antwort nicht wusste, unterband sie, dass er von den anderen ausgelacht wurde. Es sei gemein, sich über jemanden lustig zu machen. Nicht alle Kinder hätten ein Zuhause, in dem Bücher im Regal standen. Krügers desolate mündliche Leistung stand in keinem Verhältnis zu seinen schriftlichen Hausaufgaben. Der Dorfschullehrerin war natürlich klar, dass da irgendetwas nicht mit rechten Dingen zuging. Und sie ahnte natürlich auch, was da lief zwischen Hildburg und ihrem Beschützer. Dabei gab sich Krüger größte Mühe, nicht aufzufallen. Er kritzelte immer nur ein paar Worte aus Hildburgs Heften ab. Höchstens ein paar Zahlen übernahm er in Mathe. Alles andere wäre zu auffällig gewesen. Gut mogeln hieß, nicht erwischt werden, dachte Krüger schon damals. Die Dorfschullehrerin sah Krügers guten Willen. Ihrer Ansicht nach musste man ein schlechter Mensch sein, um ein Kind schon in der ersten Klasse aufzugeben. Sie drückte also beide Augen zu. Und so reichte das Wenige, um durchzukommen. Krüger wurde versetzt. Hürde genommen. Endlich. Sanduhr einmal umgedreht.

Im nächsten Jahr lief es ähnlich. Die Jungs ließen Hildburg in Ruhe. Aus Angst vor Krüger. Ihn wegen der Abschreiberei zu verpetzen kam deshalb für niemanden nicht in Frage. Es folgte Klasse vier. Zu Krügers Unglück bekam die Klasse einen neuen Lehrer. Streng. Gnadenlos. Er ließ die Mitschüler über Krüger lachen, ohne einzuschreiten. Er hatte Krüger schnell im Verdacht, bei irgendjemandem abzuschreiben. Weil seine Hausaufgaben stets besser waren als seine mündlichen Leistungen. Und dann folgte der Genickschuss. Eines Tages teilte ihm Hildburg mit, dass mit dem Abschreiben jetzt Schluss sei. Das konnte nicht auf ihrem Mist gewachsen sein, dachte Krüger. In der Tat. Hildburg hatte jetzt einen Freund. Krüger fand schnell heraus, wer das war und verpasste ihm eine ordentliche Abreibung. Aber das machte Hildburg nur noch entschlossener. Sie rückte ihre Hefte nicht mehr raus. Krüger war nicht mehr verliebt. Er war enttäuscht. Ohne ihre Hilfe würde er schulisch verrecken. Es brauchte ein Abschiedsgeschenk. Krüger nahm sich daraufhin Hildburgs Ranzen und ging damit in der großen Pause aufs Klo. Er füllte ihr den ganzen Tornister. War jetzt nicht wirklich süß seine Rache. Eher braun. Dann stellte er den Ranzen zurück unter ihren Tisch. Der Mathelehrer wunderte sich die ganze nun folgende Stunde, warum es im Klassenraum auf einmal so bestialisch stank. Hildburg redete nie wieder ein Wort mit Krüger.

Die Hürde vierte Klasse aber war so unmöglich zu nehmen: zu Hause gab es jedes Mal Senge, wenn er ohne Geld oder erbeutete Nahrung nach Hause kam. Krüger konnte Hasen jagen. Ein unglaubliches Schauspiel. Er verfolgte sie mit seinem Fahrrad. Das war ungeheuer schwierig, denn er musste strampeln wie ein

Wilder und jeden Richtungswechsel mitmachen. Und wenn er endlich auf gleicher Höhe war, sprang er vom Rad und schnappte sie mit seinen Händen. Das gelang nicht jedes Mal. Aber es gelang immer öfter. Wenn man muss, dann kann man, dachte Krüger immer.

Hühner wurden zu Hause zwar auch gern genommen, aber es war ja klar, dass Krüger sie nur geklaut haben konnte. Und wenn dann der Hühnerbesitzer an der Haustür der Krügers auftauchte, während drinnen das Federvieh von der Mutter schon zu Essen verarbeitet wurde, kannte der Vater nur eine Marschroute: Nach außen alles leugnen, nein, wir doch nicht, nein, mein Sohn auch nicht. Die beim Lügen aufgestaute Wut und die Scham ließ der Vater dann seiner jähzornigen Natur gemäß am Sohn aus. Schläge mit dem Gürtel auf den nackten Hintern, unzählige. Oder mit dem Stock. Sein Vater war ein Ungeheuer. Schlimmer als der Teufel, das sagte sogar seine Mutter. Die kriegte ähnlich viel ab wie Krüger. Immer gab es Schläge und Tritte. Einen größeren Antrieb, als dieser Quälerei zu entgehen, konnte es auf der Welt nicht geben. Krüger bekam zu Hause natürlich keine Hilfe bei seinen Hausaufgaben. Anfangs versuchte er noch, sie irgendwie zu machen. Doch wenn der Vater ihn dabei erwischte, gab es wieder Prügel.

»Sorg lieber dafür, dass was auf den Tisch kommt«, brüllte der Vater. Zerriss sogar die Schulbücher. Und wenn ihn am nächsten Tag ein Lehrer fragte, wo seine Schulbücher seien, konnte Krüger nicht die Wahrheit sagen. Und dafür gab es dann zur Strafe auch in der Schule Schläge über Schläge. Mit dem Rohrstock. Vor allen anderen. Die Lehrer nannten das »gerechte Strafe«. Was also ist dann Gerechtigkeit, dachte Krüger? Ihn fertigzumachen? Dann hatte er keine Chance, solange es Gerechtigkeit gab.

GOLIATH MIT STETHOSKOP

Krüger saß noch eine knappe Stunde auf dem Blumenkasten. Um ihn herum wurden die letzten Bierstände nach dem Stadtfest abgebaut. Wie durch ein Wunder war er plötzlich hellwach und einigermaßen klar im Kopf. Er machte sich auf den Weg zu seiner Baracke auf der Baustelle und stellte sich unter die Dusche. Kalt. Eiskalt. Bestimmt eine halbe Stunde. Er wusch sich die Haare und den Körper. Dann fragte er die gerade erwachenden Kollegen, ob er sich ein paar ordentliche Kleidungsstücke ausleihen könne. Es sei wichtig. Er habe einen Termin. Die Kollegen merkten, dass irgendetwas anders war mit ihrem Krüger und jeder gab bereitwillig seine Hose oder sein Hemd, alles, in das Krügers mächtiger Körper irgendwie hineinpasste.

Krüger wollte auf keinen Fall zu spät kommen. Bis 11 Uhr waren es zwar noch ein paar Stunden, aber er musste noch den Weg finden und vielleicht auch einen Kaffee vorher trinken. Oder zwei. Nach einer Stunde hatte er die Praxis gefunden, vor deren noch geschlossenem Eingang sich schon eine Schlange gebildet hatte. Eine hübsche Arzthelferin öffnete um Punkt 8 die Tür. Alle strömten hinein. Aber es kamen immer noch mehr Patienten. Deutlich mehr gingen hinein als nach und nach wieder herauskamen. Es mussten inzwischen mehr als 50 Leute in der Praxis sein. Oder gab es einen Hinterausgang? Wie sollte der Arzt um 11 Uhr Zeit für ihn haben, wenn all diese Patienten noch vor ihm dran waren? Krüger wartete. Er hatte keine Ahnung, was ihm bevorstand. Warum hatte er sich geduscht und gut angezogen?

Er wusste es nicht. Er wusste nur, dass er hier sein musste und dass Weglaufen heute keine Option war. Die hübsche Arzthelferin sah ihn durch das Fenster und winkte ihm, er solle doch herkommen.

Die Praxis war voll. Es war noch keine 9 Uhr. Er zögerte. Dann stand sie auf und verschwand im nächsten Zimmer. Plötzlich stand der riesige Arzt, diesmal im weißen Kittel und mit einem Stethoskop um den Hals, vor der Praxis und brüllte:

»KRÜGER! NUN KOMM MAL REIN HIER!«

Seine Stimme war noch genauso laut wie vor ein paar Stunden, an Krügers alkoholbedingt gestörter Wahrnehmung hatte das also nicht gelegen. Riesen schreien offenbar wirklich. Der weiße Kittel flößte Krüger zusätzlichen Respekt ein. Krüger hatte weiche Knie. Er ging auf die Praxis zu. Der riesige Arzt schüttelte ihm die Hand. Krügers Knie wurden noch weicher.

»So«, sagte Goliath mit Stethoskop. »Jetzt setzt dich da mal auf den Stuhl im Flur.« Er konnte also auch mit normaler Lautstärke sprechen. Aber damit war es dann auch schon wieder vorbei:

»ALLE MAL HERKOMMEN«, brüllte Goliath mit Stethoskop jetzt wieder. Seine Patienten schienen auf diesen Ton zu hören und so strömten wenig später aus dem Wartezimmer und den Behandlungsräumen unzählige Menschen in den Flur. Und die sechs Arzthelferinnen.

»ICH WILL, DASS SIE SICH ALLE EINMAL DIESEN MANN ANSEHEN: DAS IST KRÜGER: ER KOMMT AUS DEM GLEICHEN DORF WIE ICH: IM DORF HAT MAN SICH FRÜHER ERZÄHLT, ER SEI DER STÄRKSTE MANN DER WELT: NIEMAND KONNTE SO SCHWER HEBEN, SO SCHNELL EIN GRAB AUSBUDDELN ODER SICH GEGEN SO VIELE MÄNNER WEHREN WIE KRÜGER: UND JETZT SEHEN SIE IHN SICH HEUTE AN: ER HAT DURCH SCHICKSALSCHLÄGE FRÜH BEIDE

ELTERN VERLOREN UND SICH NICHT BESSER ZU HELFEN GEWUSST, ALS ZUR FLASCHE ZU GREIFEN: UND JETZT IST ER EIN HÄUFCHEN ELEND: VIELE VON IHNEN, DIE AUFHÖREN WOLLTEN ZU RAUCHEN, HABE ICH GEBETEN, EIN BÜCHLEIN ZU FÜHREN UND DARIN AUFZUSCHREIBEN, BEVOR SIE SICH EINE ZIGARETTE ANZÜNDEN, WARUM SIE SICH JETZT EINE ZIGARETTE ANZÜNDEN. BEI VIELEN HAT DAS GEHOLFEN. WEIL KRÜGER AUS MEINEM DORF KOMMT UND WEIL ER ES NICHT GANZ LEICHT GEHABT HAT UND WEIL ER DAS GRAB MEINER MUTTER AUSGEBUDDELT HAT, MACHEN WIR DAS JETZT MAL ANDERS: DU KRIEGST GAR KEIN SOLCHES BÜCHLEIN, KRÜGER: DENN DU WIRST KEIN EINZIGES GLAS MEHR ANRÜHREN: KEINEN SCHNAPS, KEIN BIER, KEINEN WEIN: SONST BIST DU IN KÜRZE TOT, SO VIEL GIFT WIE DU DEINEM STARKEN KÖRPER SCHON ZUGEMUTET HAST IN ALL DEN JAHREN: KEINEN EINZIGEN TROPFEN MEHR. STEH AUF UND VERSPRICH MIR DAS VOR ALL DIESEN LEUTEN.«

Krügers Knie waren so weich, dass er nicht wusste, ob er überhaupt aufstehen konnte. Er kam sich vor wie in einem Film. Was wollte der Riese von ihm? Warum tat er das? Hieß das, dass dieser Mann tatsächlich an ihn glaubte? An ihn hatte noch nie jemand geglaubt.

»KRÜGER: STEH AUF UND SAG, DASS DU DAS HINBEKOMMST!«, brüllte Goliath mit Stethoskop wieder, und Krüger merkte, dass der Mann gar nicht brüllte, er redete nur furchtbar laut. Vermutlich, weil wirklich vieler seiner Patienten sehr alt und etwas schwerhörig waren. Krüger erhob sich. Er war puterrot vor Scham. Seine Hände zitterten, die Beine auch.

»KRIEGST DU DAS HIN, KRÜGER?« Krüger stand auf und versuchte zu antworten. Erst kamen keine Worte. Dann räusperte er sich und sagte: »Ich krieg das hin, Doktor. Versprochen.«

Es folgte Applaus. Von Menschen, die er noch nie gesehen hatte. Fremde Menschen kamen und schüttelten ihm die Hand, tätschelten ihm die Schulter. Dann verschwanden sie wieder in die Räume, aus denen sie gekommen waren. Der riesige Arzt nahm ihn mit in sein Behandlungszimmer, bat ihn Platz zu nehmen und wählte eine Nummer.

»Hab ich das Vorzimmer vom Chefarzt?«, fragte er in den Hörer. Offenbar wurde er durchgestellt. »Ich schicke Ihnen gleich einen Herrn Krüger vorbei. Er braucht Hilfe. Alkoholabusus, seit Jahrzehnten. Er hat meine Mutter beerdigt, kommt aus demselben Dorf wie ich. Er ist ein guter Kerl, tragische Familiengeschichte. Ich will, dass er es schafft und halte das mit Ihrer geschätzten Hilfe für möglich.«

Die Antwort des Angerufenen fiel kurz aus. Dann legte Goliath auf. Der riesige Doktor schrieb einen Namen auf einen Zettel, wählte die Nummer seines Empfangs und bat um ein Taxi zum Landeskrankenhaus.

»So Krüger.« Goliath mit Stethoskop sprach jetzt mit normaler Lautstärke. Aber bestimmt. »Du wendest dich direkt an den Chefarzt. Die erwarten dich. Du bleibst da, solange wie die sagen, und danach will ich dich jeden Monat einmal sehen. Ich verlasse mich auf dich. Du kannst doch nicht einfach dein Leben wegschmeißen. Du bist ein einzigartiger Kerl und wenn du im Leben bis heute gekommen bist, dann bist du offenbar schwer tot zu kriegen, aber wenn du weiter säufst, dann bist du schon als Lebender ein Toter, weil das einfach keinen Sinn macht, den ganzen Tag besoffen zu sein. Haben wir uns verstanden?«

Der riesige Arzt gab Krüger den Zettel, schüttelte ihm mit der riesigen Hand die seine und sah ihm fragend aus kurzer Distanz von oben in die Augen.

»Ja. Haben wir, Doktor«, antwortete Krüger. Dann ging die Tür auf und die hübsche Arzthelferin sagte: »Herr Krüger. Ihr Taxi ist da.« »Geht auf's Haus«, fügte Goliath hinzu. »Kannst mir den Vorgarten umgraben, wenn du zurück bist.«

DAS BÖSE

Die Wochen nach Möhrchens Ermordung waren schrecklich. Zu Hause gab es jeden Tag Pferdefleisch. Möhrchens Fleisch. Der Vater hatte Krüger gezwungen, es zu essen. Krüger weigerte sich. Also gab es Schläge. Nach ein zwei Happen musste er sich jedes Mal übergeben. Meistens schaffte er es nicht einmal rechtzeitig zur Toilette, dann gab es wieder Schläge. Sollten doch die anderen das Pferdefleisch essen. Für Krüger war etwas vorbei. Die Kindheit. Mit 13. Für den Vater war er nun ein Gegner. Ein ernstzunehmender, gefährlicher Gegner.

Der Vater spürte das. Seine Schläge wurden noch heftiger. Krüger ging zum Boxunterricht. Sein alter Sportlehrer sah darin für Krüger eine Chance, es im Leben doch noch zu etwas zu bringen. Die Geschichte mit dem gelynchten Pferd hatte im Dorf die Runde gemacht. Einige wenige hatten Mitleid mit Krüger. Der Sportlehrer gehörte dazu. Er war schon in Rente und konnte sich nicht mehr um Haushalt und Garten kümmern. Das erledigte Krüger. Als Gegenlohn für das Training. Krügers Schlag wurde härter. Gezielter. Sie arbeiteten auch an der Verteidigung. Krüger war nur noch schwer zu treffen, und wenn es geschah, konnte Krüger mehr wegstecken als alle anderen. Er fiel nicht um. Alle Jugendlichen traten beim Training in der kleinen Turnhalle gegen ihn an. Keiner war stärker.

Durch das Training konnte Krüger einen Teil seiner Wut rauslassen. Aber nur einen Teil. Die Gegner kassierten hammerharte Schläge. So viel Zorn steckte damals schon in seinen Fäusten. Der Trainer musste dann jedes Mal dazwischen gehen.

So vergingen die nächsten Jahre. Krüger brachte weiterhin Kaninchen nach Hause. Auch Gemüse vom Feld, wenn er als Erntehelfer arbeitete. Unter dem Dach der Krügers wohnten nun zwei Todfeinde. Die Lage drohte täglich zu eskalieren, das war allen klar. Aber Krüger wollte erst zurückschlagen, wenn er so weit war. Der Vater ging jetzt seltener auf Krüger los. Er hatte wohl vom Boxtraining Kenntnis genommen. Wenn er zuschlug, dann zumeist mit einem Überraschungsmanöver. Und seltener mit der bloßen Faust. Nein: Mit Gegenständen, unvermittelt, so dass Krüger zu Boden ging und sich danach nicht mehr wehren konnte. Mal mit der Peitsche, mal mit einem Stock oder mit Werkzeug. Krüger hatte am ganzen Körper Narben und Wunden. Die Mutter versorgte die klaffenden Verletzungen. Dafür kassierte auch sie regelmäßig Schläge und Tritte vom Vater. Der Sportlehrer verstand erst nicht, warum Krüger wollte, dass er beim Training nicht nur mit Fäusten auf ihn losgehen sollte. Dann zeigte Krüger ihm ein paar Beulen, Narben und Schnittwunden.

»Vom Vater?«, fragte der Lehrer. Krüger nickte. Der Sportlehrer verstand, dass es hier um mehr ging als Sport, Boxen und Training. Es ging ums Überleben. Es fiel ihm zunächst schwer, den Jungen mit Gegenständen zu attackieren. Aber Krüger forderte das vehement ein.

»Hilf mir. Schlag mich, so hart du kannst«, sagte er immer wieder. Sie übten also auch das. Krüger lernte, einen Messerangriff abzuwehren. Auch wie man sich gegen Schläge mit Stöcken und Stangen wehrt.

Damals kam das Gerücht auf, dass der Vater die Mutter betrog. Krüger folgte ihm mehrfach. In der Tat traf sich der Vater heimlich mit einer Putzfrau im Wald. Meistens am Hochsitz. Häufig abends. Er zog ihr den Rock hoch, ließ die Hose runter und bumste sie. Dann gab er ihr Geld. Krüger beobachtete alles.

Er blieb unbemerkt. Er wusste, dass das, was der Vater da tat, nicht in Ordnung war. Nichts, was der Vater tat, war in Ordnung. War das nicht eine Möglichkeit, dem Vater einen Schlag zu versetzen? Nicht, indem er es der Mutter sagte, der war das egal. Sie rechnete mit nichts Gutem mehr, was ihren Mann anbelangte und war froh, wenn er sie in jeder Hinsicht in Ruhe ließ. Eines Tages, Krüger war jetzt 17, bat er den Boxtrainer um dessen Schrotflinte. Der Trainer wollte sie zuerst nicht rausrücken. Bei Krüger wusste man ja nie, und er wollte seinen Schützling nicht in noch größeren Schwierigkeiten sehen. Krüger versicherte, dass er nicht auf einen Menschen schießen werde. Es sei für einen guten Zweck. Der Sportlehrer gab nach. Krüger nahm genug Schrot mit, um ein paar Mal zu üben. Er hatte Talent und brauchte nicht lange, bis er die aufgestellten Bierflaschen aus großer Entfernung traf. Dann folgte er wieder seinem Vater und der Putzfrau. Der Vater drängte die Frau an den Hochsitz, raffte ihren Rock hoch und ließ seine Hose runter. Dann drang er in sie ein. Das dauerte nie lange, Krüger hatte also nur wenig Zeit. Er legte sich auf den Boden, das Gewehr auf einen abgesägten Baumstamm. 30 Meter weg war das Ziel. Dann nahm er Maß. Zielte. Atmete durch. Er hatte nur einen Versuch. Die Bewegungen des Vaters wurden etwas schneller. Gleich würde er sich ergießen und die Chance wäre vertan. Krüger wurde plötzlich warm und eiskalt zugleich. Endlich war es so weit. Die Zeit der Rache war gekommen. Es ging hierbei nicht nur um ihn. Es ging um Gerechtigkeit, wenn es so etwas überhaupt gab. Der Vater war kein Mensch, insofern hatte er den Sportlehrer nicht angelogen. Er war ein Unmensch. Und er betrog die Mutter, und das war ungerecht. Niemand sonst als er konnte der Sache einen Riegel vorschieben. Er atmete tief ein und hielt die Luft an. Geübt hatte er nur mit Flaschen und Dosen. Die bewegten sich nicht. Vater ist ein fauler Sack, dachte Krüger. Der bewegt sich beim Bumsen auch nicht viel mehr als eine

Flasche. Er zielte. »Bitte, lieber Gott, bitte lass mich treffen«, flüsterte Krüger. Er wartete, bis seine Botschaft im Himmel angekommen sein konnte. Der Vater war kurz vorm Ende. Dann der Schuss. Er traf den Vater genau da, wo er ihn treffen sollte. In den nackten Hintern und die Hoden. Die Frau blieb unversehrt. So genau hatte Krüger gezielt. Der Vater schrie wie am Spieß. Blickte sich mit hasserfülltem Blick um und suchte den Schützen. Er war voller Schrotkugeln. Er wollte in Krügers Richtung rennen, aber die Schmerzen waren offenbar zu groß. Er fiel hin, und da lag er dann schluchzend und schreiend. Die Frau versuchte, ihn zu beruhigen, doch der Vater schlug wutentbrannt auf sie ein, als hätte sie den Schuss auf ihn abgefeuert. Krüger kroch rückwärts durch das Laub bis zum nächsten großen Baum, versteckte sich ein paar Minuten und verschwand dann unbemerkt. Er dankte seinem lieben Gott, der ihn, wenn es ihn gab und er auf Krügers Seite war, auch diesmal nicht im Stich gelassen hatte. Vielleicht gab es doch Gerechtigkeit. Wenigstens ein bisschen.

Der süße Geschmack der Rache, der Krüger für ein paar Tage beflügelt hatte, wich allzu schnell einer zunehmenden Bitterkeit. Der Vater roch jetzt wie ein Tier, dass direkte Auseinandersetzungen mit Krüger fortan auch für ihn gefährlich werden konnten. Lebensgefährlich. Er wollte Krüger da treffen, wo es ihm am meisten weh tat. Und er wusste genau, wo das war: Fast täglich ging er nun auf die Mutter los. Zu jeder Zeit des Tages. Niemand konnte oder wollte helfen. Die Familie galt im Dorf als verloren. Keiner wollte sich einmischen. Die Polizei schon gar nicht. Häusliche Gewalt war Familiensache. Frauenhäuser gab es nicht. Die Mutter ging gar nicht mehr aus dem Haus mit all ihren Beulen und Wunden. Sie hatte sich irgendwie zusammengereimt, wo die Schrotkugeln im Körper ihres Mannes herrührten. Hemmungslos hatte der Vater sie beauftragt, die Kugeln aus seiner Haut zu fummeln. »Jagdunfall« hieß seine

Variante. Es dauerte Stunden, bis sie alle Geschosse entfernt hatte. Der Vater konnte zwei Wochen lang nicht sitzen. Als die Mutter Krüger tief in die Augen blickte, sagte er nur:

»Das ist seine gerechte Strafe.« Ihre größte Angst bestand darin, dass Krüger den Vater eines Tages erschlagen würde. Nicht, weil sie ihrem Peiniger auch nur eine Träne nachgeweint hätte. Sie wollte nicht, dass ihr Sohn im Gefängnis landete. Krüger war bald 18 Jahre alt und damit schuldfähig. Die Mutter hatte davon gehört.

»Wir müssen das ertragen«, sagte die Mutter immer und immer wieder zu ihm. Aber zu ertragen war das für Krüger nicht. Der Hass hatte ihn vollends in Besitz genommen. Nach der Sache mit Möhrchen hatte Krüger in seiner Verzweiflung angefangen zu trinken. Schnaps. Anfangs nur selten. So richtig schmeckte ihm der Fusel nicht. Aber er schob die Wut weg. Draußen galt er schon als unberechenbar und gefährlich. Einige wollten nichts mehr mit ihm zu tun haben. Als der Vater nun noch viel heftiger auf die Mutter losging, trank Krüger öfter. Und in größeren Mengen. Am Boxtraining durfte er nicht mehr teilnehmen, seit der Trainer den Alkohol gerochen hatte und ein schlimmes Ende für Krüger befürchtete. Er schenkte ihm zum Abschied einen ausrangierten Sandsack. Mehr könne er nicht für ihn tun. Krüger schleppte die 140 Kilo auf seinen Schultern allein nach Hause und befestigte den Sandsack im Schuppen.

Zwei Tage später hatte der Vater den Sandsack mit einem Messer aufgeritzt. Krüger hatte noch versucht, den Inhalt wieder hineinzustopfen und das Leder zu nähen. Doch der Vater wusste nur zu gut, dass das Training am Sandsack eigentlich ihm galt und verbrannte das Trainingsgerät im Garten. Das Gute, das Krüger sich immer in einer kleinen Nische seiner Seele bewahrt hatte, die Hoffnung auf bessere Zeiten, entwich mit jedem Tag weiter. Hass nahm ihren Platz ein und fühlte sich an wie schwarzer Teer in der Magengrube. Teer, der immer schwärzer und schwerer wurde. Krüger versuchte, ihn auszukotzen. Ihn im Wald rauszuschreien. Er schlug auf Dinge ein, um ihn loszuwerden. Aber der Teer blieb. Und die dunkle Masse wuchs und wuchs. Alles war grau, wenn nicht sogar schwarz. Da konnte die Sonne scheinen, wie sie wollte. Krüger sah sie nicht mehr. Kein Licht. Nur einen Tunnel ohne Ausgang. Die Welt hatte Krüger vergessen, aufgegeben. Nichts Gutes wartete auf ihn. Für die Außenwelt war er kein hilfloses Kind, kein Opfer seiner Lebensumstände. Mit jeder Schlägerei, die er draußen anzettelte, wurde er mehr und mehr zum Täter. Er war jetzt im Begriff, offiziell ein Halunke zu werden. Immer öfter verbrachte er nun eine Nacht in der Zelle der Dorfpolizei. Ein Aussätziger, mit dem niemand etwas zu tun haben wollte. Und er trank. Immer öfter. Immer mehr. Trank auch dem Vater den Schnaps weg. Der Vater fluchte und schimpfte, aber insgeheim frohlockte er, den Sohn in seinen Sog gezogen zu haben. Wenn schon aus ihm nichts geworden war, dann durfte aus dem Erstgeborenen auch nichts werden. Doch die Sache war zweischneidig. Einerseits war Krüger weniger gefährlich, wenn er wehleidig, deprimiert und besoffen war. Andererseits, das wusste der Vater aus eigenem Leibe, waren Wut und Alkohol eine gefährliche Mischung. Der Vater hatte nun immer zwei Augen für alles, was hinter ihm geschah. Falls der Sohn von hinten auf ihn losginge. Und mit jedem Tag, mit jedem Schlag, den seine Mutter einstecken musste, wuchs das Böse in Krüger. Weil er keinen Ausweg fand, kein Mittel gegen den Vater, begann er, sich selbst zu hassen. Er war auf dem Weg, genauso ein unberechenbares Ungeheuer zu werden wie sein Erzeuger. Auch die Geschwister mieden ihn. Aber Krüger wäre nie auf die Idee gekommen, ihnen etwas anzutun.

Dann ging alles ganz schnell. Die Mutter spuckte Blut, was niemanden wunderte, da sie täglich zusammengeschlagen wurde.

Eines Tages stand sie nicht mehr auf. Sogar das brachte den Vater in Rage. Sie solle kochen. Er versuchte, sie in die Küche zu treiben, warf sie dabei die Treppe herunter. Sie zeigte keinerlei Gegenwehr mehr. Krüger trug sie zurück ins Bett. Wenige Tage später war sie tot. An ihren inneren Verletzungen gestorben. Das Grab buddelte Krüger selbst aus. Sie hatten kein Geld für eine ordentliche Bestattung. Zur Beerdigung kam niemand. Nur Krüger und seine Geschwister. Der Vater war nicht erschienen. Krüger wusste, dass er den Vater nun töten musste. Das schwor er, als er das Grab seiner Mutter wieder zu schaufelte, Spaten um Spaten. Der alte Hartmann war auf einen Tauschhandel eingegangen und hatte seine Männer ein paar Möbel aus Krügers Haus holen lassen. Im Tausch gegen sein billigstes Sargmodell.

Der Vater hatte die Mutter totgeschlagen. Auch wenn sie erst Tage nach seinem letzten Angriff verstarb. Die Dorfpolizisten mussten das doch wissen, dachte Krüger. Der Arzt, der den Totenschein ausgestellt hatte, hatte doch heftige Wunden und innere Blutungen attestiert. Sollte er zur Polizei gehen? Ausgerechnet er? Als Opfer? Würden die Dorfpolizisten ihn überhaupt anhören? Und wenn sie danach einfach nichts unternahmen? Alle im Dorf wussten seit Jahren, was bei den Krügers los war. Aber niemand war jemals gekommen, um der Mutter zu helfen. Krüger musste den Vater töten. Sonst würde er nie wieder in den Spiegel gucken können. Doch als sie nach Hause kamen: keine Spur vom Vater. Krüger fand ihn im Schuppen. Dort, wo vorher der Sandsack gehangen hatte, hing nun der Vater. Er hatte sich seinen lumpigen schwarzen Anzug angezogen. Und er war tot.

DR. KÖRPER UND DR. SEELE

Krüger im weißen Krankenhauskittel. Wir schreiben das Jahr 1976. Er war jetzt 36. Die einstmals dunkelbraunen Borstenhaare schon ergraut. Verlebt sah er aus. Die Gesichtshaut hatte eine lederne Struktur und an den Wangen das blaurot, das alle Alkoholiker eint. Die Diagnose war klar. Trinker. Seit 1968 galt Alkoholsucht offiziell als Krankheit. Er war jetzt also Patient, dachte Krüger. Aber er hatte keine wirkliche Idee, was ihn hier im Landeskrankenhaus erwartete. Eine harte Zeit vermutlich. Das Zimmer sagte alles: eine Pritsche. Ein Tisch. Ein Stuhl. Ein Fenster mit Gittern. Abhauen war also nicht möglich. Alle zwei Stunden öffnete ein Pfleger die von außen verschlossene Tür und fragte nach seinem Befinden. Krüger vertraute Goliath mit Stethoskop. Die wissen hier bestimmt, was sie tun, hoffte Krüger. Dann kamen zwei Doktoren. Der eine war Arzt, der andere Psychiater. Der eine wollte sich um seinen Körper kümmern, der andere um seine Psyche. Krüger nannte sie deshalb Dr.Körper und Dr.Seele. Unterschiedlicher konnten zwei Menschen trotz gleicher weißer Kittel nicht sein: Dr.Körper war untersetzt und dicklich. Er hatte eine Glatze, einen Schnurbart unter seiner Knollnase und kräftige Hände und Finger. Dr.Seele war hager und groß. Er hatte lange blonde Haare und trug eine Nickelbrille auf seiner schmalen Nase. Seine Hände waren feingliedrig und ebenfalls dünn.

Krüger versuchte zu verstehen, warum zwei Ärzte nötig waren. Er war schließlich nur ein Mensch. Aber vielleicht musste man die Sache von der anderen Seite betrachten, dachte Krüger. Vielleicht konnte man den listigen Drachen nur zu zweit erwürgen. Das leuchtete ihm ein. Wenn er doch auch selbst mitmachen könnte, dann wäre man schon zu dritt. Er fragte die Ärzte, was er selbst beisteuern könne.

»Erstmal müssen Sie aushalten, was der Entzug mit Ihnen macht«, antwortete Dr.Körper. »Ihr Körper baut den Alkohol jetzt ab. 95 Prozent macht die Leber. Schwerstarbeit. Die anderen fünf Prozent machen die Haut und die Lunge. Deshalb werden sie schwitzen und die ersten Tage eine Fahne haben.«

Als Krüger Goliath begegnet war, hatte er zwei Flaschen Schnaps und zahllose Biere in sich. Dr.Körper hatte aktuell einen Promillewert von etwa 4,5 errechnet.

»0,1 Prozent baut der Körper pro Stunde ab. Allein den Alkohol aus Ihrem Körper zu bekommen, dauert also drei Tage. Das wird eine harte Zeit für Sie.«

Es dauerte nicht lange, bis Krüger fühlte, was Dr.Körper ihm angekündigt hatte. Er lag auf seiner Pritsche. Wie ein Fisch auf dem Trockenen. Der Drache fauchte in ihm. Krüger hatte Brand. Und alles brannte in ihm. So heftig spie der Drache Feuer. Die Entgiftung hatte begonnen. An die Stelle des Alkohols rückten die körperlichen Symptome des Entzugs. Krüger schwitzte. Immer wieder duschte er sich eiskalt ab. Dafür musste er einen Pfleger rufen. Duschen gab es in den Zimmern für den Entzug nicht. Alles, womit man sich selbst hätte erhängen können, war aus den Räumen verbannt worden. Aus Erfahrung. Krüger hatte Schmerzen im ganzen Körper. Es kam ihm vor, als könnte er jede einzelne Zelle fühlen. Seine Glieder fühlten sich an, als hätte er Fieber. Sein Verlangen nach Bier, Schnaps und Wein war nicht verschwunden. Nein: es war jetzt größer. Krüger hätte nach jeder Flasche gegriffen, wenn denn eine da gewesen wäre. Krüger wollte raus. Laufen. Dahin, wo es Schnaps gab. Bier gab. Wein gab. Egal.

Der Drache spie Feuer und Krügers Haut brannte von innen. Aber sie ließen ihn nicht raus aus seinem Zimmer. Nur zum Duschen. In Begleitung von zwei Mann, die eine Beruhigungsspritze bei sich hatten. Für den Fall, dass er ausrastete. Immerhin: sie sprachen ihm Mut zu. Er solle durchhalten. Der Anfang sei geschafft.

Nach der Abkühlung sperrten sie ihn wieder ein. In diesen kargen Raum. Alles hier war weiß. Krügers Zustand verschlechterte sich stündlich. Obwohl er literweise Wasser trank, kam er sich tatsächlich vor wie ein Fisch, den man unter der prallen Sonne liegengelassen hatte. Trocken werden, deshalb nannten sie das so. Er hämmerte gegen die Tür. Gegen die Wand. Die Pritsche warf er durch den Raum und schrie und brüllte und tobte. Niemand öffnete. Krüger war zu gefährlich in diesem Zustand. Er durfte deshalb auch nicht mehr duschen. Nichts war jemals so schlimm wie das hier. Und er hatte schon viel Schlimmes hinter sich.

Dr.Körper hatte ihm gesagt, dass jeder Abbruch eines Entzugs die Sucht weiter verfestigte. Also durchhalten. Aber wie? Wenn der Drache doch bloß aufhören würde zu fauchen. Aber der ließ nicht locker. Im Gegenteil. Er wand sich durch seinen Magen. Tanzte, tobte, schrie und spie Feuer und das immer stärker und heftiger je trockener Krüger wurde. Ihm war übel, sein Magen spielte verrückt. Dann kam in Krüger der Gedanke hoch, dass er dieses Leid verdient habe. Weil er ein Halunke war, ein schlechter Mensch. Und das war jetzt seine gerechte Strafe. Ein vernichtender Gedanke. Doch was hier geschah, war ja nichts anderes als eine Vernichtung, dachte Krüger und dass er selbst schuld daran sei, dass es ihm so schlecht ging.

Er fand keine Ruhe, schlief erst schlecht, dann gar nicht mehr. Und dann kamen die Panikattacken. Angstzustände. Gefolgt von Halluzinationen: der Raum wurde größer und größer und Krüger auf seiner Pritsche kleiner und kleiner. Das fand zwar nur in seinem Kopf statt, aber es war so heftig, dass es stärker war als die Realität. Selbst wenn Krüger die Augen öffnete und den tatsächlich vorhandenen Raum sah, gingen die Wände auseinander. Krüger konnte das kaum ertragen. Wenn er etwas sagte, gab es ein Echo. Seine Wahrnehmung war völlig durcheinander. Am zweiten Tag besuchte ihn Dr.Körper.

»Was Sie gerade durchmachen, ist völlig normal.« Dr.Körper erzählte ihm von Tierversuchen. Die Wissenschaftler nannten diese Versuche »Tiermodelle«. Man habe Ratten und Mäusen erst Alkohol gegeben und dann wieder weggenommen. Es folgten: Zittern, gesteigerte Erregbarkeit, Verlust der Koordination, erhöhte Herzfrequenz, Schlafstörungen, Anfälle, berichtete Dr.Körper.

»Wie bei Ihnen, Krüger.« Alkoholismus sei eine Krankheit. Das sei bewiesen. Alkoholiker hätten keine Kontrolle über ihr Trinkverhalten und könnten nicht vom Alkohol lassen.

»Wegen genau dieser Entzugserscheinungen, die Sie gerade durchmachen. Erst am Tiefpunkt der Alkoholikerkarriere gibt es die Chance zur Umkehr. An solch einem Tiefpunkt sind Sie angekommen, Krüger«, sagte Dr.Körper.

Gegen die Panikattacken könne man ihm Medikamente geben, sagte Dr.Körper. Krüger lehnte ab. Er wollte es ohne schaffen. Nicht gleich von der nächsten Sache abhängig werden. Wieder allein gelassen kamen die Panikattacken zurück. Er hatte Angst zu sterben. Sein Körper schien nicht mehr zu funktionieren. Als hätte man alle seine Organe durcheinandergewürfelt, und jedes müsse jetzt etwas anderes tun als vorher. Er fühlte alles und gleichzeitig nichts. Die Halluzinationen wurden intensiver. Rauschen in den Ohren. Die Wände gingen auseinander. Der kleine Raum wuchs und wuchs zu einer riesigen Halle. Sein Bett, sein Körper wurden immer kleiner, bis sie winzig waren in diesem riesengroßen Zimmer. Krüger hatte Angst. Tränen liefen aus seinen Augen. Er heulte und flehte und schluchzte und schrie und weinte und sang und betete und schimpfte. Er fluchte, boxte und hämmerte gegen die Tür. »Aua. Aua. AUA.« Krüger schrie und schrie. Und dann weinte er und weinte und weinte und weinte. Niemand öffnete. Viel zu gefährlich. Nach zwei Tagen ohne Schlaf war er völlig entkräftet. Es war die Hölle. Unterstes Stockwerk. Und so richtig aufmunternd waren die Besuche von Dr. Körper auch nicht:

»Noch sind Sie hier in einem geschützten Raum. Das Leben draußen wird Ihnen die Sache nicht einfacher machen, auch das beweisen die Tiermodelle«. So habe man die Nager unter Stress gesetzt. Drei Tage habe man ihnen eine weitere und besonders aggressive fremde Maus in den Käfig gesetzt. Danach zwang man die Mäuse, fünf Minuten in einem Waschbecken zu schwimmen. Die Mäuse verarbeiteten den Stress unmittelbar danach mit ein paar Schluck Alkohol, berichtete Dr. Körper. Drei Wochen später erhöhten die Mäuse plötzlich ihren täglichen Alkoholkonsum auf das Zwei- bis Dreifache. Und dabei blieb es bis an ihr Lebensende. Krüger lief ein Schauer über den Rücken. Aber das war noch lange nicht alles, was die Wissenschaftler mit den Nagern gemacht hatten. In einem weiteren Experiment habe man männliche Mäuse, die sich ihren Käfig zuvor nur mit einem Weibchen geteilt hatten, unter Konkurrenzdruck durch ein fremdes Männchen gesetzt, erzählte Dr. Körper. Die Mäuse hätten daraufhin sofort Alkohol getrunken, und zwar exzessiv. Wie ein Alkoholiker. Krüger verstand nicht, wie man so etwas »Tiermodell« nennen konnte. In seinen Augen war das schlichtweg Tierquälerei.

»Warum haben die Wissenschaftler das gemacht?«, fragte Krüger.

»Um herauszufinden, wie man kranke Menschen wie Sie heilen kann«, antwortete Dr. Körper. Auch Medikamente, die helfen, Rückfälle zu vermeiden, seien getestet worden. »Deshalb frage ich Sie, ob wir Ihnen solche Medikamente geben sollen«, sagte Dr. Körper. Krüger lehnte auch das ab. Er wollte nicht, dass Tiere seinetwegen gequält wurden. Auch wenn das bereits geschehen war. Er fühlte sich schuldig am Leid der kleinen Nager. Er wollte es so schaffen. Ohne Ersatzdrogen.

»Wie Sie wollen, Krüger. Aber das macht die Sache natürlich nicht leichter«, erwiderte Dr. Körper. Nach und nach hörte das Schwitzen auf. Krüger hatte das Gefühl, als sei kein Tropfen Flüssigkeit mehr in ihm. Wie ein Fisch auf dem Trockenen, dachte er immer wieder. Als hätte sich sein Gewicht um die Hälfte reduziert. Die Panikattacken kamen seltener. Es gelang ihm, die Halluzinationen zu unterbrechen, bevor der Raum ins Unendliche wuchs und er selbst auf Daumengröße schrumpfte. Vollkommen ermattet schlief er ein. Zum ersten Mal seit zweieinhalb Tagen. Er schlief nicht lange. Ein paar Stunden. Als er aufwachte, war er trocken. Krüger stand auf und ging auf und ab. Seine Organe schienen wieder an die richtigen Stellen gerutscht zu sein. Aber er war schwach auf den Beinen. Sein Kopf hingegen war klar. Dann ging die Tür auf: Dr. Körper erkundigte sich nach Krügers Befinden.

»Der erste Schritt ist geschafft. Das ist großartig, Krüger.« Er habe mit seinem Arzt telefoniert, mit Goliath mit Stethoskop, wie Sie ihn nennen. Der lasse schön grüßen. »Er wusste, dass Sie das schaffen, Krüger. Sie seien ein starker Mann mit einem starken Willen. Da scheint er nicht ganz Unrecht zu haben. Bravo, Krüger.«

Dr. Körper war kaum gegangen, da klopfte schon der nächste: Dr. Seele.

»Der rein körperliche Entzug ist nur die Hälfte der Miete«, sagte Dr. Seele. »Jetzt müssen wir herausfinden, warum Sie überhaupt Alkoholiker geworden sind.« Krüger überlegte. Sofort kamen Bilder von früher. Die Mutter mit ihren Wunden. Der

Vater mit seinen Wutausbrüchen. Die Schläge. Möhrchens durchschnittene Kehle. Heftiger noch als sein Gehirn arbeitete plötzlich sein Magen. Obwohl der fast leer war. Krüger wurde übel.

»Wir müssen über Ihre Kindheit reden«, fuhr Dr.Seele fort. »Meine psychoanalytische Theorie fußt darauf, dass Sie in kindliche Verhaltensmuster zurückfallen.« Krüger tat so, als wenn er kein Wort verstünde. Er schüttelte den Kopf.

»Ich will nicht über früher reden«, sagte Krüger. »Auf gar keinen Fall.«

Dr.Seele schien mit dieser Antwort gerechnet zu haben. »Das verstehe ich gut, aber wenn Sie nicht rückfällig werden wollen, müssen wir das tun. Wenn nicht jetzt, dann später. Krüger schüttelte wieder den Kopf. »Ich will nicht«, sagte er trotzig. Nach kurzer Pause erzählte ihm dann auch Dr. Seele von Tierversuchen.

»Es wurde entdeckt, dass die Mäuse mit dem Alkohol ihre Ängste und Emotionen unterdrücken. Das gleiche haben Sie getan«, sagte Dr.Seele. Wovor könnte er Angst haben, fragte sich Krüger. Vor Riesen, ja. Und vor dem Drachen. Und vor den Erinnerungen. Aber die werden doch schlimmer, wenn ich sie raushole, dachte Krüger. »Nein«, rief er, »darüber will ich nicht reden. Nicht jetzt und auch nicht später.«

Da Krüger sich also weigerte, über seine Kindheit zu sprechen, schickte ihn Dr.Seele zu Gruppensitzungen. Da saßen sie im Kreis in ihren Krankenhauskitteln. Dr.Seele leitete die Sitzungen, auch er im weißen Kittel. Er bat Krüger, sich den anderen vorzustellen. »Ich bin Krüger«, sagte er. Aber was sollte er den anderen erzählen? Er habe Brand, schlimmer als je zuvor. Das verstanden sie alle. Krüger kam ins Erzählen. Zum ersten Mal in seinem Leben sprach er über den Drachen. Gedankenverloren und mit geschlossenen Augen erzählte er den anderen, wie der

Drache in ihm fauchte und Feuer spie. Wie er ihm den Magen umdrehte und mit ihm machte, was er wollte. Krüger öffnete die Augen: Alle nickten.

»Das hast du toll beschrieben, Krüger«, sagte ein hagerer Mann. »Ja wirklich«, bestätigte eine mollige Frau. »Das ist gut, das mit dem Drachen. Der ist ganz schön fies.« Krüger nickte. Er war erstaunt. Darüber, dass er es hatte aussprechen können. Und über das Verständnis der anderen. Für Krüger war es das erste Mal, dass er überhaupt über sein Alkoholproblem redete und hörte, dass es anderen ähnlich erging. Dass sie das Leben nicht ohne Betäubung aushalten konnten. Alle hatten ihre Ticks. Die meisten waren abgemagert. Zitterten. Waren fahrig. Einige führten Selbstgespräche. Krüger war das bei aller Liebe für die Mitinsassen suspekt. Er wollte nicht so sein wie die. Aber das hier war jetzt seine Aufgabe, und er hatte Goliath schließlich versprochen, nicht mehr zu trinken, und der hatte ihn hier hingeschickt. Also weitermachen.

Hier saßen Menschen aus allen Schichten. Auch die Klugen und Reichen hatten offenbar Probleme. Das überraschte Krüger. Aber ihre und seine Erfolgschancen schienen recht unterschiedlich zu sein. Bei Dr. Körper und Dr. Seele klang das, als könnte man berechnen, ob Krüger es schaffen würde, vom Alkohol loszukommen. Forschungsergebnisse nannten sie das. Ihre Prognose war nicht gerade ein Mutmacher: »Prognostisch günstig« nannten sie in ihrer vergeistigten Sprache ein gehobenes soziales Milieu, höheren Bildungsgrad und hohes Einkommen, intakte familiäre Bindungen und einen guten beruflichen Stand. Die Reichen haben es gut, dachte Krüger. »Prognostisch ungünstig« hingegen: kein gelernter Beruf, niedriger sozialer Stand, zerstörte familiäre Bindungen, unterdurchschnittliche Intelligenz, psychopathische Persönlichkeitsanteile und hysterische neurotische Teilstrukturen. Krügers Chancen konnten also schlechter kaum sein. Er hatte nichts von ersterem und alles von letzterem.

Dr. Körper versuchte auf seine Weise, Krüger Mut zuzusprechen:

»Sie müssen nicht länger hier eingesperrt sein, sondern können in ihre beruflichen und familiären Bindungen zurückkehren.«

Krüger hatte weder Beruf noch Familie. Er hatte gar nichts. Nur seinen unbändigen Willen und das Versprechen, das er Goliath mit Stethoskop gegeben hatte.

TOTENGRÄBER

Hartmann hatte sich gemeldet. Sein alter Chef im Bestattungs-institut. Er hatte von Krügers Aufenthalt im Landeskrankenhaus gehört und eine Nachricht hinterlassen. Krüger könne jederzeit wieder bei ihm anfangen. Das alte Leben? Krüger erinnerte sich.

Er war damals 16. Sein viereckiger Körper war schon ausgereift. Wenn die anderen aufhörten, Liegestütze zu machen, fing er erst an zu zählen. Jeden Tag überlegte er, wie er damit Geld machen konnte. Nicht mit den Liegestützen. Mit seiner Kraft. Er konnte schneller einen Garten umgraben als jeder andere im Dorf. Aber wer noch konnte, machte das lieber selbst. Um Geld zu sparen. Er brauchte also eine andere Einnahmequelle.

Es war Juli, dreißig Grad. Die anderen Jungs hatten Ferien und vergnügten sich im Schwimmbad. Krüger nicht. Er spazierte mal wieder durch die Gegend und zerbrach sich den Kopf, wie er eine richtige Arbeit finden konnte. Er überlegte, was so ähnlich war wie Garten umgraben. Wie immer, wenn er stundenlang nachgedacht hatte, ohne dass etwas Sinnvolles dabei herauskam, wandte er sich an seinen lieben Gott. Er schaute gen Himmel und sprach mit ihm. »Lieber Gott, bitte hilf mir doch. Ich komm nicht weiter.« Dann entspannte er sein Hirn und versuchte, nicht mehr nachzudenken. Er gab das Problem nach oben ab, weil es für ihn unlösbar schien. Dann wartete er. Manchmal kam kurz danach etwas. Eine Eingebung. Krüger nannte das »einen Blitz«. Noch kam nichts. Krüger ging ein paar Schritte weiter. Guckte noch mal nach oben. In der Schule hatte ihn ein Junge geärgert: »Wenn dein Kopf aus Glas wäre, könnte man drei Murmeln rotieren sehen.« Krüger fand das witzig. Es stimmte ja. Was sollte er machen, der liebe Gott verteilte nur 100 Punkte und er hatte nun mal viele Muskeln. Aber dann kam sie: die Idee. Friedhof. Gräber. Hartmann. So hieß das Bestattungsinstitut. »Gelobt sei, was Hartmann macht«, lautete dessen Werbespruch. Den kannte jeder im Dorf.

Krüger machte sich auf den Weg. Es war nicht weit. Gleich neben dem Friedhof. Gräber ausbuddeln war eine Arbeit, die gemacht werden musste. Genau das war vielleicht Krügers Spezialität. Und der Grund, warum er sein Leben lang am Ende trotz aller Schwierigkeiten, die er regelmäßig verursachte, doch hier und da geduldet wurde: Arbeit machen, die eben getan werden musste, die aber niemand machen wollte. Mit Toten wollten die meisten nichts zu tun haben. Aber Totengräber war nun mal ein Job, der nie aussterben würde. Krüger ging über den Friedhof. Schon sah er Hartmanns Männer.

Unter der Woche waren zwei Dorfbewohner gestorben. Das war so der Schnitt in einem 8000 Einwohner zählenden Dorf. Diesmal ein Ehepaar. Die beiden hatten innerhalb weniger Tage das Zeitliche gesegnet, wie man so sagte. Und mussten jetzt unter die Erde. Ihre Grabstellen lagen nebeneinander. Die Umrisse waren bereits markiert. Und da saßen auch schon Hartmanns Männer. Sie warteten. Darauf, dass die Sonne ihre Kraft verlor, damit sie nicht so ins Schwitzen geraten würden bei ihrer Arbeit. Gemütlich, selbstzufrieden. Sie waren bestimmt auch nicht die Hellsten, dachte Krüger. Bis auf Hartmann Senior versteht sich. Der wusste, wie man ein todsicheres Geschäft führte.

»Was willst du denn hier, kleiner Mann?«, fragte einer der Bestatter.

»Ich möchte dem Chef eine Wette vorschlagen.« Die Männer lachten. Sie hatten alle so ihre Marotten. Einer drehte auf der

Fahrt zum Friedhof fröhliche Musik im Autoradio auf. Damit der Tote in guter Stimmung auf die allerletzte Reise ging. Einer unterhielt sich auf der Fahrt zum Friedhof mit jedem Toten. Über all seine eigenen Versäumnisse. Bei welchem Gesprächspartner konnte man sich schließlich sonst darauf verlassen, dass er für immer schwieg. Eines hatten sie alle gemeinsam: sie machten den Job, weil sie besser mit Toten konnten als mit Lebenden.

»W-a-s willst du, Dreikäsehoch?«, fragte der Bestatter. Als hätte er Krügers ersten Anlaufversuch gar nicht gehört. Krüger ließ sich schon damals nicht so leicht einschüchtern. Hatte er erst mal einen Plan geschmiedet, dann wurde der auch ausgeführt. Das hatte er sich so überlegt. So viele gute Ideen hatte er ja nicht. Wenn er also nicht wenigstens diese paar Pläne in die Tat umsetzte, dann käme er ja keine zwei Zentimeter voran im Leben. Jetzt wollte er endlich mal auf die Überholspur. Einen Job haben, das wär's, dachte Krüger.

»Eine Wette will ich mit Herrn Hartmann abschließen«, wiederholte er. »Am besten jetzt sofort.« Hartmann kam dazu. Hob das Kinn. Das war seine Art, eine Nachfrage zu stellen. Krüger wiederholte sein Anliegen. Er wolle gegen Hartmanns Männer antreten. Um die Wette schaufeln.

»Und was willst du dabei gewinnen?«, fragte Hartmann.

»Wenn ich gewinne, darf ich regelmäßig bei Ihnen arbeiten«, schlug Krüger vor. »Für Geld.« Alle lachten ihn aus. Das kannte er aus der Schulzeit. Aber Krüger lachte man nicht aus. Und keine Häme konnte ihn so hart treffen, dass er kehrt machte. Im Gegenteil: das weckte seinen Ehrgeiz. Vergrößerte ihn noch. Auch das hatte er sich so überlegt. Aus der Not eine Tugend machen, das war sein Motto. Krüger setze fünf Mark auf den eigenen Sieg. Das war alles, was er hatte. Hartmann und seine Männer wussten nicht viel über Krüger, aber sie wussten, dass fünf Mark für einen Jugendlichen wie ihn viel Geld bedeuteten. Doch sie kannten keine Gnade mit einem Sechzehnjährigen mit großer Klappe. Hartmann nahm die Wette an. Die Bestatter holten ein paar Stühle und machten es sich rund um die beiden auszuhebenden Grabstellen bequem. Zwei Einzelgräber also. Jedes musste laut Friedhofssatzung einen Meter breit und zweimeterzwanzig tief sein. Hartmanns Männer machten Witze, ob es sich überhaupt lohnen würde, die Ärmel hochzukrempeln, um den törichten Bengel in die Schranken zu weisen. Dann ging es los. Mittagshitze. Keine Wolke am Himmel. Die Stellen waren mit Kreide markiert. Einen Meter breit schien Krüger machbar, aber 2,20 Meter tief, das würde ein Stück Arbeit werden. Hartmanns Leute hatten vor, abwechselnd zu Werke zu gehen. So begann zunächst der erste von ihnen, der in seinem Leben wohl schon hunderte Gräber ausgebuddelt hatte, ganz professionell seine Arbeit. Zunächst die Grasnarbe mit dem Spaten entfernen. Dann mit der Spitzhacke den Boden lockern. Und zur Schaufel wechseln. Oder wieder zum Spaten. Den Spaten oder die Schaufel möglichst tief in den Boden rammen, so viel Erde wie möglich auf einmal an die Seite bewegen und so fort. Krüger in kurzen Hosen, T-Shirt und Sandalen legte los wie die Feuerwehr. Die obere Schicht war die schwerste. Das Gras weg, sonst konnte der Spaten nicht tief zustechen. Die Grasnarbe ergab sich angesichts von Krügers Kräften umgehend. Der Wechsel zwischen Spitzhacke, Schaufel und Spaten kostet nur Zeit, dachte Krüger. Er wollte mit dem Spaten allein auskommen. Den donnerte er in den Rasen und pflügte durch den Erdboden. Schicht für Schicht erledigte er seine Aufgabe. Er stach den Spaten so schnell in den Boden, dass sich Hartmanns Männer die Augen rieben. Geschah das gerade wirklich, fragten sie sich? Oder war es ein Trugbild? Krüger hatte das Tempo eines Presslufthammers. Sein Spaten war die perfekte viereckige Verlängerung seiner sonstigen Vierecke: Seiner Ober- und Unterarme, die in kreisenden Bewegungen die tiefschwarze

Erde auf den Haufen neben dem Grab katapultierten. Seiner Wade und seines Fußes, die allerdings nur zum Einsatz kamen, wenn sich der Spaten mal so gar nicht mit den Armen in den Boden treiben ließ. Niemand konnte buddeln wie Krüger. Hartmann Senior sah das sofort. Und er sah, dass Krügers Körperbau, Vierecke überall, perfekt war für diese Arbeit. War es möglich, dass jemand eine Berufung zum Totengräber hatte? Krüger schien dafür geboren zu sein: so sah das Hartmann Senior. Eine Art Fleisch gewordener Schaufelradbagger, ein menschlicher Maulwurf. Eine Pause zwischen Spatenstich und Spatenstich gab es nicht. Es gab nur permanentes Rotieren. Was Krüger antrieb, wusste nur Krüger selbst: Er wollte endlich Geld nach Hause tragen. Er brauchte eine Einnahmequelle. Jeden Tag beschimpfte ihn der Vater: Er sei nutzlos und liege ihm nur auf der Tasche. So war es unmöglich, mit ihm weiter unter einem Dach zu leben. Auch wenn der Vater ihm zunächst mal wieder nicht glauben würde, dass das Geld ehrlich verdient war. Er kannte das schon. »Wo hast du das geklaut?«, fragte der Vater immer. Egal, was er für die Familie mit nach Hause brachte. Dann gab es statt eines Dankeschöns immer nur Schläge und Tritte. Ein Leben ohne Gewalt und Flüche, das war Krügers Motivation. Deshalb hängte er sich beim Wettbuddeln so rein. Er würde fortan seinen Teil zur Haushaltskasse beitragen, wenn nicht für seinen Vater, dann für seine geliebte Mutter.

Hartmanns Männer saßen auf ihren Klappstühlen und lachten. Alle waren sich sicher, dass der Junge dieses hohe Tempo höchstens ein paar Minuten lang durchhalten würde. Dann könnten sie sich in Ruhe abwechseln. Und von den fünf Mark würden sie alle ein paar Runden Bier zu trinken bekommen. 60 Pfennige kostete ein halber Liter damals. Das würde für eine kleine Feier reichen. Doch Krüger ließ nicht nach. Bald waren seine Beine nicht mehr zu sehen. Der Erdhaufen rechts von seinem Grab wuchs und wuchs. Vielleicht war ihr Mann einfach zu langsam, dachten sich Hartmanns Leute und schickten den nächsten ins Rennen. Der legte mit aller Kraft los, aber Krügers Vorsprung vergrößerte sich weiter. Bald war nur noch sein Kopf zu sehen. Die Bestatter arbeiteten jetzt sogar zu zweit, mit zwei frischen Männern, aber sie hatten gerade mal einen Meter tief gegraben, als von Krüger nur noch das Spatenblatt beim Hochwerfen der Erde zu sehen war. Alle paar Sekunden wirbelte es schwarze Erde nach oben. Die Bestatter fluchten.

»Der hat doch was genommen«, rief einer. Das sei doch nicht normal. »Der hatte wohl eine Überportion Muttermilch«, scherzte ein anderer. Sie konnten sich Krügers Kräfte nicht erklären. Dann war es passiert. Der Spaten wurde aus Krügers Grab an die Oberfläche geworfen. Der damals etwa 1,70 Meter große Krüger stemmte die Arme auf die Erde am Rand des Grabes und drückte sich nach oben. Die Bestatter schüttelten ungläubig die Köpfe. »Krüger unterschätzen, ihr Kapeiken, das passiert euch wohl kein zweites Mal«, murmelte er. Krüger wischte sich die Hände an seiner Hose ab, ging auf Hartmann Senior zu, streckte ihm die Hand entgegen und fragte: »Na, Chef? Wann kann ich anfangen?«

An diese Geschichte erinnerte sich Krüger gerne. Er hatte damals eine Wette abgeschlossen und sie gewonnen. So ähnlich war ja das Versprechen, das er Goliath mit Stethoskop gegeben hatte. Nur, dass es diesmal um sein Leben ging. Eine Wette, die er also nicht verlieren durfte. Krüger spürte, wie ein Hauch von Kraft in seinen Körper zurückkehrte. Er fühlte sich gestärkt durch seine eigenen Gedanken. Das erzählte er Dr.Seele und fragte ihn, warum das so war. Dr.Seele war begeistert. Er hoffte, mit Krüger endlich über dessen Kindheit sprechen zu können.

»Man nennt das positive Verstärkung. Sie müssen öfter an das denken, was Sie geschafft haben. Aber Sie bleiben gefährdet, solange wir nicht herausfinden, warum Sie angefangen haben zu trinken.«

Krüger schüttelte den Kopf. »Nein, Herr Doktor. Das lassen wir mal lieber. Das will ich nicht.« Dr.Seele hob die Augenbrauen und seufzte. Krüger überlegte, wie es weiter gehen sollte. Hartmann war der einzige außer Goliath mit Stethoskop, der sich nach ihm erkundigt hatte. Der Einzige, der ihm einen Job anbot. Er meinte es offenbar gut mit ihm. Doch Dr.Seele riet ihm ab, in die gewohnte Welt zurückzukehren. Das erhöhe die Gefahr eines Rückfalls. Vielleicht stimmte das. Krüger grauste, wenn er an sein Heimatdorf dachte. Sofort kamen die bösen Bilder vom gewalttätigen Vater in ihm hoch. Das wollte er nicht. Er fühlte, dass er dafür noch nicht stark genug war. Noch nicht gefestigt. Andererseits brauchte er Arbeit. Und einen geordneten Tagesablauf.

»Eine Arbeit gibt Ihnen Struktur, Krüger. So kommen Sie nicht auf dumme Gedanken«, sagte Dr.Seele. Krüger nickte. Manchmal schien Dr.Seele recht zu haben. Er meinte es offenbar gut mit ihm. Dr.Seele fragte Krüger, was er wolle. Doch wie sollte Krüger das beantworten. Diese Frage hatte ihm noch nie jemand gestellt. Und wenn er in seinem Leben mal eine gute Idee gehabt hatte, dann war die Sache meistens nicht gut ausgegangen. »Möhrchen«, murmelte Krüger gedankenverloren. Dr.Seele sah ihn fragend an. Krüger schüttelte den Kopf. Was wollte er? Einfacher wäre die Frage zu beantworten, was er nicht wollte. Er wollte keinen Alkohol mehr trinken. Er wollte nicht mehr Halunke genannt werden. Er wollte eigentlich auch keiner mehr sein. Er wollte nicht mehr wütend werden. Und er wollte auch nicht mehr ins Gefängnis. Dr.Seele fragte Krüger, wie er sich seine Zukunft vorstelle.

»Arbeiten«, erwiderte Krüger. »Geld verdienen und meine Schulden abbezahlen.«

»Was können Sie?«, fragte Dr. Seele. Krüger überlegte. Einen Beruf erlernt hatte er nicht. Jedenfalls nicht auf dem Papier. Er konnte Auto fahren. Hatte aber keinen Führerschein. Er konnte sogar LKW fahren. Natürlich hatte er auch dafür keinen Führerschein. Andererseits hatte er schon fast alles gemacht, wofür man Kraft brauchte. Auf Baustellen hatte er gemauert, Gerüste aufgebaut, Holz gesägt, Wände gestrichen, Rohre verlegt, Dächer gedeckt. Dr. Seele ging zu seinem Schreibtisch und holte die Tageszeitung. Er riss die Seite mit den Stellenanzeigen heraus und gab sie Krüger. »Gucken Sie sich das mal an und sagen Sie mir beim nächsten Mal, was für Sie in Frage kommt. Dann sehen wir weiter.«

Zurück in seinem Zimmer nahm sich Krüger einen roten Stift und brütete über den Stellenanzeigen. Seine Jobs hatte er bisher immer direkt auf der Baustelle bekommen. Noch nie hatte er jemanden wegen einer Stelle angerufen oder jemandem geschrieben. Aber ihm war klar, dass nur eine Arbeit ihm einen festen Tagesablauf geben konnte. Rumhängen kam nicht in Frage. Wie sollte man rumhängen, ohne zu trinken? Aber die Tätigkeiten, für die jemand in den Annoncen gesucht wurde, erforderten meistens ein Führungszeugnis, einen Abschluss, irgendein Papier. So was hatte er nicht. Krüger überlegte. Er musste etwas Neues wagen. Ein neues Kapitel aufschlagen. Wenn er irgendwo nach Arbeit gefragt hatte, hatten sie ihm meistens welche gegeben. Es sei denn, er sah zu verwahrlost aus, dann ging er stets leer aus. Wenn er nicht nach Hause zurückkehren sollte, dann brauchte er eine neue Umgebung. Eine Gegend, in der es viele Möglichkeiten gab. Er dachte an Goliath mit Stethoskop. Wenn der im Dorf geblieben wäre, hätte er wohl kaum Arzt werden können. Der war in die große weite Welt gegangen. Aber mit Schulabschluss. Große weite Welt, dachte Krüger immer wieder. Große weite Welt. Im Gang, vor dem Schwesternzimmer, hing eine Landkarte. Ganz Deutschland war darauf abgebildet. Krüger war nicht allzu viel herumgekommen. Der Fußmarsch nach Holland, von dem er mit Möhrchen zurückkehrte, war sein bisher größtes Abenteuer. In einem Dorf waren die Möglichkeiten begrenzt. Die Bauern, die Kaufleute, die Handwerksbetriebe suchten höchstens ab und an einen Gelegenheitsarbeiter. Das reichte nicht, um Struktur für jeden Tag zu haben. Die große weite Welt lag wohl anderswo. Berlin, dachte Krüger. Mit dem Finger zeichnete er den Weg von seiner norddeutschen Heimat in Richtung der früheren Hauptstadt. Das war ganz schön weit weg, dieses Berlin. Und dazwischen lag auch noch die DDR. Krügers Finger wanderte wieder zurück. Er kam über Hamburg. Das war vor der DDR. Und große weite Welt war das auch. Er wusste nicht viel über Hamburg. Von Fischbrötchen hatte er gehört, vom Hafen, auch von der Reeperbahn. Sündige Meile, dachte Krüger. Er hatte gehört, dass es dort viele Nachtclubs gab. Da gibt es bestimmt auch mal Ärger, dachte Krüger. Da brauchten die bestimmt jemanden, der sich mit Ärger auskannte. Außerdem konnte er ja boxen. Schon war sein Entschluss gefasst. Und er konnte sich nicht vorstellen, dass ihn in Hamburg jemand aus dem Milieu nach einem Führungszeugnis fragen würde.

Krüger wollte los. Er spürte die Hummeln im Hintern. Ein Abenteuer, das war genau das Richtige. Er würde ein kleines Startkapital brauchen. Für die Zugfahrkarte. Für ein paar ordentliche Klamotten. Und für die ersten Nächte in der fremden Stadt. Krüger besprach seine Idee von der großen Stadt mit Dr. Seele. Alles, außer der Sache mit der Reeperbahn. Der Beruf eines Türstehers lag ohnehin außerhalb von Dr. Seeles Vorstellungsvermögen. Er solle aufs Amt gehen, sagte der Doktor. Sich erstmal Papiere besorgen.

»Der Arzt, der Sie an uns überwiesen hat, hat uns etwas geschickt.« Dr. Seele holte einen Umschlag. Goliath mit Stethoskop hatte in dem Krankenhaus angerufen, in dem die Hebamme gearbeitet hatte, die ihn auf die Welt gebracht hatte. »Früher war es für arme Leute unüblich, dass eine Hebamme nach Hause kam, das wissen Sie bestimmt«, erzählte Dr.Seele. »Die meisten Frauen schafften es schließlich auch allein. Als die Nazis am Drücker waren, zählte die deutsche Mutter dann etwas mehr: nach den Worten des Führers war sie ›erste Trägerin des Staates, weil sie der Familie, dem Volk, der Rasse Kinder schenkte‹. Deshalb gibt es dieses Schriftstück.« Dr.Seele überreichte ihm einen kleinen Zettel. Die Hebamme hatte einen handgeschriebenen Eintrag hinterlassen. Darauf: Krügers Name. Das Geburtsdatum samt Uhrzeit und dann: »4800 Gramm, lebt.«

Andere Beweise für seine Existenz hatte Krüger nicht. Keinen Personalausweis, keine Geburtsurkunde, kein Schulzeugnis. Ein polizeiliches Führungszeugnis würde er lieber nicht anfordern. Das würde nicht weiterhelfen. Krüger zog also los. Mit dem Bus zum Einwohnermeldeamt. Er zog eine Nummer und setzte sich zu den Wartenden. Die kamen offenbar von überall her. Auf Baustellen hatte er schon ein paar Türken und Italiener gesehen. Gastarbeiter. Hier auf dem Amt saßen sie mit ihren Frauen und Kindern. Krüger war erstaunt, wie viele verschiedene Hautfarben die Menschen hatten. Sie alle hielten irgendwelche Papiere in den Händen. In Krügers Händen dagegen nur der kleine Zettel von der Hebamme. Diese Menschen kamen aus Ländern, weiter entfernt, als Krüger sich vorstellen konnte. Deutschland war für sie Neuland. Ein neues Leben erwartete sie. Genau wie ihn. Aber sie alle hatten mehr Dokumente in ihr neues Leben mitgebracht als er, der doch hier zu Hause war. Nur eine halbe Stunde mit dem Bus entfernt. Dann war er dran. Die Beamtin musterte ihn. Krüger bat sie um eine Geburtsurkunde. Sie wiederum bat Krüger um seinen Personalausweis. Führerschein. Gemeldete Adresse. Krüger hatte nichts davon. Er überreichte ihr den Zettel.

»4800 Gramm, lebt«, murmelte sie. »Ein ganz schöner Bro-
cken. Mehr haben sie nicht?«

»Nein«, erwiderte Krüger. »Aber wie Sie sehen, gibt es mich
tatsächlich.« Sie gab ihm ein Formular zum Ausfüllen. Krüger
überlegte, ob er sein Elternhaus als Adresse angeben sollte. Immer
noch besser als das Landeskrankenhaus.

Eine Woche später saß Krüger wieder vor ihr. Sie übergab ihm
seine Geburtsurkunde.

»Es gibt Sie also wirklich«, sagte die Frau mit ihrem staatlich
anerkannten Lächeln. Wie man im Jahr 1976, also sieben Jahre
nach der Mondlandung, gänzlich ohne Papiere in der Bundes-
republik Deutschland auf der Welt sein konnte, sei ihr allerdings
nicht erklärlich. Aber das sei ja jetzt vorbei. Der Personalausweis
sei in Arbeit. Sie gab ihm ein vorläufiges Dokument und schickte
ihn weiter zum Arbeitsamt. Dort beantragte Krüger Stütze. 600
Mark. Wenn man die nicht einfach versoff, hatte man ganz gutes
Geld in der Tasche, fand Krüger. Wenn alles nach der offiziellen
Statistik der Lebenserwartung lief, hatte er erst die Hälfte seines
Lebens hinter sich. Die zweite sollte besser werden, beschloss
Krüger. Warum auch nicht? Er war gesund, und er hatte ja sei-
nen unbändigen Willen. Das war neben seiner körperlichen Kraft
seine größte Stärke. Nicht mehr trinken, das war die Hauptsache.
Also los. Bahnfahrkarte in die große Stadt.

REEPERBAHN

Krüger machte sich auf den Weg über die Reeperbahn. Wir schreiben das Jahr 1977. Krüger ist also 37. Er ist seit vier Monaten trocken, im Besitz eines Personalausweises und hat noch 377 Mark von seiner Stütze im Portemonnaie. Rotlichtviertel. Krüger hatte natürlich davon gehört. Aber eine wirkliche Vorstellung bekam er erst jetzt. Da waren die Leuchtreklamen: Eros Center, Peep Show: 1 Minute eine Mark, Erotic-Shop, Oben-ohne-Bar, Sex-Messe, Erotic-Schwimmhalle, Poseidon Sauna Club, Sex-Club. Hamburg war zu dieser Zeit die Welthauptstadt des Sex. 2000 registrierte Damen jagten nach dem Liebesprofit. Es gab Geschlechtsakte auf der Bühne und Striptease. Vor jedem Etablissement stand ein Mann mit auffälliger Lederjacke oder langem Mantel und sprach ihn so derbe an, dass selbst Krüger rote Ohren bekam:

»Na Kleiner, alles feucht im Höschen?« Damit fing es an. Der Mann hatte gegerbte Haut. Als stünde er schon seit Jahren bei jedem Wetter hier draußen. Er lud Krüger ein, doch mal rein-zuschauen. Krüger hatte kaum abgewunken, da rief schon eine ähnliche Type nebenan:

»Na, mal nicht so engfotzig, Sie alter Fliegenbefriediger.« Man nannte sie Koberer, das wusste Krüger. Sie sollten die Männer auf der Straße heiß machen:

»Hömma, hömma, hömma«, rief der nächste: »so schnell, wie die Mädels sich hier ausziehen, kannste gar nicht wichsen.« Krüger hatte immer noch rote Ohren. An diese Sprüche und die spezielle Atmosphäre musste er sich erst gewöhnen. Sex lag sozusagen in der Luft. Das war das Gegenteil vom eher verklemmten Dorfleben. Als Krüger Reeperbahn, Hans-Albers-Platz und große Freiheit passiert hatte, schätzte er die Zahl der Koberer auf knappe 80. War das nicht vielleicht ein Job für ihn? Falls das mit dem Rausschmeißer nicht klappte? Koberer brauchten keine Fäuste, standen also auch nicht bei jeder Auseinandersetzung mit einem Bein im Knast.

Krüger sprach einen von ihnen an.

»Für Schlägereien haben wir andere«, wurde ihm bestätigt. »Aber wenn du im Notfall auch ´nen rechten Haken drauf hast, hilft das natürlich.« Man kam ins Gespräch. Der Verdienst war ansehnlich. Es gab so viele Sexclubs, dass der Mann offenbar keine Angst vor neuer Konkurrenz hatte. Der Kuchen war damals groß genug für alle. Und Spaß schienen die Koberer bei ihrer Arbeit zu haben. Krüger beschloss, baldmöglichst bei einem der Chefs vorzusprechen. Die Bürgersteige waren voller Menschen. Es war unter der Woche. Wie voll musste es wohl erst am Wochenende sein? Genug zu tun also, dachte Krüger. Allerdings fiel ihm auch auf, dass Alkohol hier eine ähnlich große Rolle spielte wie Sex. Was kein Puff war, war eine Kneipe. Er würde seine gesamten Widerstandskräfte mobilisieren müssen, um in diesem Umfeld trocken zu bleiben. Um zu widerstehen, würde er sich als arbeitender Teil der Maschinerie des Rotlichtbetriebs fühlen müssen, nicht wie ein Vergnügungssüchtiger auf einem Ausflug. Krüger erreichte die Davidstraße. Er wollte noch einmal hoch, zur Elbe, auf den Hafen gucken. Jede der Bordsteinschwalben, die dort auf dem Bürgersteig standen, versuchte, mit ihm anzubandeln. Krüger musste sich mit Händen und Füßen wehren, so direkt und offensiv gingen die Ladies zu Werke. Sich dagegen zu verteidigen war schwieriger als ein Boxkampf. Krüger sagte, er sei kein Tourist, er wohne hier. »Na geh'n wa dann zu dir oder zu mir?«, erwiderte die Blondine. Die Damen hatten auf jeden seiner verbalen Fluchtversuche eine Antwort. An die zwanzig Anmachen hatte er überstanden, eine noch, dachte Krüger als er die großbusige Brünette auf sich zukommen sah.

Sie sah ihm direkt in die Augen. Krügers Herz war schockgefroren, sein Blutdruck schoss in die Höhe. Sie fasste ihm an die Brust. Dann ließ sie die Hand einfach nach unten rutschen. Jetzt hatte sie ihn. »Komm mit«, sagte sie, griff seine Hand und zog ihn in den nächsten Hauseingang. Die Treppe hoch, Krüger kam sich vor wie auf der Flucht. Dann öffnete sie eine Tür, knipste das Licht an und schon war der Raum so rot, dass man Krügers rote Wangen glatt hätte übersehen können.

»Erst mal die Kohle«, sagte sie. »Macht 80 Mark.« Krügers Gehirn hatte sich noch immer nicht dazugeschaltet. Bevor er einen Satz sagen konnte, fingerte sie schon an seiner Jackentasche. »Nun warte mal«, kam es schließlich aus Krügers Mund.

»Ich hab den ganzen Abend gewartet«, erwiderte sie.

»Aber wie heißt du überhaupt?«, fragte Krüger.

»Für dich bin ich die Rosa«, sagte sie. Dann ging alles ganz schnell, so schnell, dass Krüger nicht mehr Herr des Verfahrens war. Rosa zog ihren Slip aus, griff Krüger zwischen die Beine, zog ihm ein Kondom über und schon lag sie rücklings auf der Matratze. Die war noch warm. Krüger war also nicht der erste Kunde an diesem Abend. Man war schnell fertig. Rosa wusste genau, wie es läuft. Aber Krüger wollte mehr. Wenn er schon mal hier war. Er bot Rosa 50 Mark extra, wenn sie ihm erzählte, wie das alles hier so zuging auf dem Kiez. Rosa erzählte von den rivalisierenden Banden, die sich gerade einen Krieg um St. Pauli lieferten. Da war zum einen die GMBH: Gerd Gissmann, Michael Luchting, Walter Beatle Vogeler und Harry Voerthmann. Ihr Vereinslokal war das »Zum Silbersack«. Ihre Mädchen schafften im Eros-Center und im Palais D'Amour an. Allein im

Eros-Center gab es 266 Zimmer mit 174 Betten. Die GMBH galt als besonders brutal.

»Für die hab ich früher gearbeitet«, erzählte Rosa. Die zwingen dich zum Arbeiten. Wenn du zur Polizei willst, verkloppen die dich. Wenn du nicht genug ranschaffst, dann auch.« Die GMHB strich im Monat 200 000 Mark ein, erzählte Rosa. Jetzt, Ende der 70er, habe das Schaulaufen der Luden begonnen: Rolexuhren, teure Kaschmirmäntel, dicke Autos. So weit der Schein. Dahinter tobte der Krieg um den Kuchen. Um die Macht auf dem Kiez. Die Konkurrenz werde Nutella-Bande genannt: Die Mitglieder waren noch sehr jung, 18, 19, 20 und 21. Sie wurden von der GMBH als Milchbubis verspottet: sie sollten erst mal ordentlich Nutella-Brote essen, um groß und stark zu werden. Doch die Milchbubis hatten schon bald die Herbertstraße und Teile der Reeperbahn übernommen. Ihr Chef war der »schöne Klaus«, berichtete Rosa.

»Der fährt immer im schwarzen Lamborghini mit Regenbogen drauf über die Reeperbahn. Aber seine Jungs behandeln die Frauen besser als die GMBH.«

Rosa bot Krüger zum Abschied an, ihm beim nächsten Mal einen besseren Preis zu machen.

Dafür, dass es sein erster Abend in der großen Stadt war, hatte Krüger schon eine ganze Menge erlebt und erfahren. Es geht hier offenbar nur ums Geld, dachte er auf dem Weg zu seinem vorübergehenden Zuhause, einem kleinen Hotel in einer Parallelstraße der Reeperbahn. Das mit dem Alkohol, den es hier überall gab, würde er schon hinkriegen, dachte Krüger. Aber dass hier Frauen reihenweise geschlagen wurden, machte ihm zu schaffen. Und wenn es um so viel Geld ging, wie lange würden zwei solche Banden ohne offenen Krieg nebeneinander existieren? Mit Schlägereien hatte Krüger kein Problem. Unter Männern versteht sich. Was aber, wenn Waffen ins Spiel kamen? Krüger wollte arbeiten. Die Koberer gefielen ihm gut. Ihre Arbeit klang nach Spaß und gutem Verdienst für nicht allzu große Mühe. Sabbeln konnte er ja, dummes Zeug reden, wem fiel das leichter als ihm. Die krassen Anzüglichkeiten, die müsste er noch etwas üben, aber da würden ein paar Spaziergänge und weitere Besuche bei Rosa schon weiterhelfen. Die nächsten 600 Mark Stütze kamen schon in ein paar Tagen. Neuer Monat. Geld zu haben, genug für ein richtiges Besäufnis, brachte ihn momentan nicht in die Versuchung, wieder zu trinken. Krüger wollte ein für alle Mal vom Alkohol wegbleiben. Das ging natürlich deutlich besser, wenn er keinen Ärger hatte, das war ihm klar. Was er über die Zuhälter gehört hatte, klang aber irgendwie nach Ärger. Er blickte da noch nicht durch. Wie denn auch, nach einem Abend, dachte Krüger. Aber solche Sachen rauszukriegen, das lag ihm eigentlich. Mit den Menschen zu klönen, über dies und das und dabei herauszufinden, wohin der Hase läuft. Mit dem Geld würde er schon hinkommen. Vielleicht würde Rosa ihm ein paar Tipps geben oder er fragte sich einfach durch. Die Welt stand ihm offen, jetzt, da er trocken war. Mal gucken, was Hamburg morgen so zu bieten hat, dachte Krüger. Und das waren dann auch schon ganz schön viele Gedanken, die Krüger in seiner ersten Nacht in der großen Stadt mit ins Bett nahm. Dazu klebte noch der süße Geruch von Rosas Parfüm an ihm, und der war es vermutlich auch, der Krüger ziemlich schnell einschlafen ließ.

Die nächsten Tage verbrachte Krüger damit, die Stadt zu erkunden. Er hatte noch nie erlebt, dass es irgendwo so viele verschiedene Jobs gab, die alle darin bestanden, Menschen anzulocken. Am Hafen machten die Anwerber flotte Sprüche, um die Touristen für die Hafenrundfahrten zu gewinnen.

»Wer den Hafen der Ehe ansteuert, tut gut daran, erst eine Hafenrundfahrt zu machen.« Krüger wollte zwar akut niemanden heiraten, aber er ließ sich gerne einfangen und machte eine

Hafenrundfahrt. In der Speicherstadt zogen sie Teppiche, Tee- und Kaffeesäcke von den Schuten in die Lagerräume. Auf der anderen Elbseite löschten Arbeiter die ankommenden Frachter. An Dock 5 bei Blohm und Voss bestaunte Krüger die riesige Schiffsschraube, die sie einem 200 Meter langen Frachtschiff einsetzten. Auf der Elbe kurvten zwei Dutzend Schlepper von Kai zu Kai. Von Bord der ankommenden Containerschiffe grüßten Seeleute, deren Herkunft Krüger nur vermuten konnte. Überall gab es Arbeit. Krüger war sich sicher, dass er, was auch kommen möge, in der großen Stadt eine Zukunft haben würde. Er war im Vollbesitz seiner Kräfte und nicht auf den Mund gefallen. Genauso einer schien hier gebraucht zu werden. Hamburg, das war seine Stadt. Überall gab es diese Mischung aus Verkaufsprofis und Entertainern. Dann kam der erste Sonntag in der großen Stadt. Krüger stand früh auf, denn er wollte zum Fischmarkt. Er schlenderte mal wieder die Elbe entlang. Sonnenaufgang. Krüger atmete die Hafenluft ein und fühlte sich pudelwohl. Trotz der frühen Uhrzeit umgaben ihn immer mehr Menschen. Dann kam das Spektakel. Auf dem Fischmarkt brüllten sich zwischen fünf Uhr morgens und halb zehn die Marktleute die Seele aus dem Leib. Tausende Touristen und Partygänger schlenderten von Stand zu Stand. Die frivolen Händler waren eine fabelhafte Attraktion, fand Krüger. Gehandelt wurde mit allem: Es gab Bananen, Enten, Hühner, Hasen, Obst und Gemüse aus aller Welt und natürlich Fisch. Die Sprüche waren ähnlich derb wie auf der Reeperbahn: »Hast du kein Geld, du altes Luder?«, brüllte Bananen-Fiete eine junge Frau an. Einem jungen Mann schob er eine geschälte Banane in den Mund. Die Händler zogen ihre Show ab. Angeblich wurde hier jeden Sonntag eine halbe Million Mark umgesetzt. Krüger gefiel natürlich Aale-Dieter am besten, der ihm auch gleich ein Stück Lachs anbot:

»Du, ja, genau du, oder schiele ich vielleicht? Oder traust du dich nicht, weil dein Deo jetzt schon versagt hat? Na, schmeckt der vielleicht?«

Krüger schmeckte der Fisch. Er kaufte gleich noch einen für sein Abendbrot. Nebenan schrie schon der nächste. Sie waren alle Konkurrenten, die auf sich und ihr Geschäft aufmerksam machen wollten. Und die Menschen wollten offenbar einfach gut unterhalten werden, dann kauften sie. Das war ganz nach Krügers Geschmack. Reeperbahn, Hafen, Fischmarkt, all das lag direkt nebeneinander. Krüger war begeistert. Nach Hamburg zu kommen, war richtig. Jetzt musste er sich nur noch für eine Sache entscheiden. Er wollte das mit Rosa ausdiskutieren. Er wartete auf den Einbruch der Dunkelheit. Er wusste ja, wo Rosa von den Luden eingeteilt war. Natürlich musste er auch dieses Mal erst das Spalier von Rosas Mitbewerberinnen passieren. Krüger schüttelte bei jedem Anmachversuch den Kopf und sagte:

»Ich will zu Rosa.« Seiner Rosa.

»Ah, zu Rosa will der feine Herr. Nimmst wohl nicht jede«, zischte ihm eine Blondine hinterher. »Er will zu Rosa«, rief die Nächste der Übernächsten zu. »Na dann mal viel Spaß«, grunzte die Überübernächste. Noch 50 Meter, dann hätte er es geschafft. Aber bis dahin stand noch ein Dutzend Prostituierte auf dem Bürgersteig. Dann griff ihn eine Rothaarige am Unterarm:

»Hör mal, Kleiner. Der Rosa geht's heute nicht so gut. Sei lieb zu ihr.« Krüger war verdutzt. Offenbar gab es unter den Konkurrentinnen so eine Art Solidarität. Krüger marschierte weiter. Die nächsten beiden ließen ihn in Ruhe. Noch vier, drei, zwei Straßendamen, wie Krüger sie nannte, und dann stand sie da, »seine« Rosa. Sie lächelte gezwungen. Ihr linkes Auge war geschwollen, ein kleines Veilchen hatte sie nicht ganz weg-schminken können.

»Rosa«, sagte Krüger. »Da bist du ja. Was ist mit deinem Auge?«

»Ich bin gestürzt«, erwiderte die Brünette. »Für 50 Mark zeig ich dir den Rest meines Körpers.«

Das war billiger als beim letzten Mal. Krüger nickte und schon zog ihn Rosa wieder in den Hauseingang, dann die Treppe hoch, in ihre Steige.

Sie knipste das rote Licht an. Es war dunkel genug, um ihre Beule zu übersehen. Aber Krüger ließ nicht locker.

»Rosa, man stürzt nicht auf's Auge. Was ist passiert?«

»Ich wüsste nicht, was dich das angeht, Kleiner«, antwortete sie brüsk. Krüger hatte ja wenig Erfahrung in diesen Dingen, aber wie eine geschlagene Frau aussieht, das wusste er nur zu gut. Da machte ihm keine etwas vor. Rosa setzte sich aufs Bett und fasste ihm in den Schritt.

»Nu lass mal, Puppe«, sagte Krüger. »Wenn's dir nicht gut geht, müssen wir das hier nicht machen, wir können auch einfach reden. Die Kohle kriegst du trotzdem.« Rosa sah ihn erstaunt an.

»Hast wohl einen Narren an mir gefressen, was?«, fragte die Brünette. »Dabei kennen wir uns doch gar nicht. Bist aber nicht der erste, der nur zum Reden kommt. Na, dann setz dich mal. Was plagt dich denn?«

»Mich plagt gar nichts«, sagte Krüger. »Aber dich wohl.« Krüger zeigte auf ihr Auge. »Wer hat dir das angetan?«

»Krüger«, sagte Rosa. Es war das erste Mal, dass sie ihn so ansprach. »Solche Dinge passieren hier. Das gehört nun mal zu meinem Leben.«

Krüger schluckte. Seine Mutter hatte keine Wahl gehabt. Aber Rosa? Eine schöne junge Frau. Der müsste die Welt doch offenstehen. Ein Leben frei von Zwängen und Gewalt. Offenbar nicht. Krüger ließ nicht locker. Zum einen wegen Rosa. Außerdem wollte er wissen, wie die Dinge hier auf dem Kiez liefen. Auch um eine Entscheidung für sein zukünftiges Leben zu fällen. Noch konnte das hier auch »sein« Sperrbezirk werden. Oder eben nicht. Rosa berichtete ihm, dass die alte Zuhälterbande versuchte, ihre Mädchen zurückzukriegen. Mit Gewalt.

»Bald gibt es Krieg um die Reeperbahn«, sagte sie. »Die nächsten werden auch Pistolen haben«, meinte Rosa. Ein über zwei Meter großer Typ habe ihr aufgelauert, der hübsche Sven, werde der genannt, einer von der GMBH. Er habe ihr zunächst bessere Arbeitsbedingungen und mehr Geld versprochen. Als sie ihre Zweifel äußerte, habe der einfach zugeschlagen. »Dann eben so«, habe er gesagt. Krüger fragte, ob viele »Straßendamen«, er sprach das Wort in seinem Kopf zum ersten Mal aus, gezwungen würden, auf den Strich zu gehen. Rosa streichelte ihm über den Kopf.

»Straßendamen«, sagte sie. »Du bist so niedlich, Krüger«. Krüger erwiderte, das Wort habe er sich so überlegt, denn so sehe er das Ganze. Bisher. Rosa aber bestätigte, dass auf dem Kiez vieles nur mit Zwang geschehe.

»Und wo finde ich den hübschen Sven?«, fragte Krüger.

»Lass bloß die Finger von dem, der schlägt dich tot«, sagte Rosa. Krüger antwortete nicht. Er gab Rosa 50 Mark. »Der schöne Sven fährt einen roten Porsche«, sagte sie noch.

»Du erholst dich ein bisschen und ich mach mal einen Bummel«, sagte Krüger und verabschiedete sich. Rosa blieb mit einem schlechten Gewissen zurück. Sie hatte den hübschen Sven verraten, was noch Folgen haben würde. Und sie hatte Krüger auf eine Spur gesetzt, die nur böse enden konnte.

Nach den bekanntesten Luden musste man auf dem Kiez nicht lange suchen. Der wesentliche Teil ihrer Arbeit schien darin zu bestehen, mit möglichst auffälligen Luxuskarossen möglichst auffällig, also entweder besonders langsam oder besonders schnell durch St.Pauli zu kurven. Das hatte Krüger schon nach wenigen Tagen registriert. Also setzte er sich an einen Fensterplatz einer Kneipe und wartete. Bei der dritten großen Cola war es dann so

weit. Ein roter Porsche fuhr im Schritttempo über die Reeperbahn. Darin ein riesiger blonder Mann. Das musste er sein, der
hübsche Sven. Er war in der Tat riesig. Krüger legte Geld auf den
Tisch und ging nach draußen. Er beobachtete, wie der hübsche
Sven die Reeperbahn Richtung Altona hinunterfuhr, am Ende
wendete und dann auf der anderen Seite zurückkam, dann bog er
rechts ab in die Davidstraße. Dort hielt er und unterhielt sich durch
die geöffnete Beifahrerscheibe mit den dort postierten Bordsteinschwalben. Krüger marschierte los. Einen wirklichen Plan hatte
er nicht, aber immerhin hatte er den hübschen Sven gefunden.
Krüger passierte das Auto auf der anderen Straßenseite. Er blickte
nach rechts. Der hübsche Sven schien mit seinem massiven Körper
den gesamten Innenraum des Porsche auszufüllen. Krüger fragte
sich, wie der riesige Zuhälter da überhaupt hatte einsteigen können. Aber es ging bei den teuren Karossen offenbar weniger um
deren praktischen Nutzen als um die Show. Seit der Mann, den
sie den Paten nannten, seit also Wilfried Schulz Anfang der 70er
den Kiez unter seine Kontrolle brachte, agierten die großen Zu-
hälterbosse nicht mehr im Verborgenen, hatte Rosa ihm erzählt.
Sie wollten, dass man sie kennt und erkennt. Sie alle hatten genug
Geld verdient und wollten nun den Sprung ins bürgerliche Leben
schaffen. Schulz wohnte in den Elbvororten und tat alles für seine
gesellschaftliche Anerkennung. Krüger hatte von der großen Box-
gala gehört, vor wenigen Wochen, im Messezentrum. Weil am
Ende mehr Kriminelle als Bürgerliche erschienen waren, sprach
alle Welt nur vom »Ganovenball«. Die Box-Szene war eng mit den
Mächtigen auf St.Pauli verflochten. Krüger hatte gehört, dass der
hübsche Sven auch ein ernstzunehmender Boxer war. Das machte
die Sache nicht leichter. Krüger passierte den roten Porsche. Auch
wenn ihn viele Straßendamen schon als Rosas Stammkunden ab-
gestempelt hatten, wurde er dennoch immer wieder angemacht.
Krüger schlängelte sich, so galant er konnte, weiter die Davidstraße

hinauf. Am Eingang zur Herbertstraße blieb er stehen. Von hier aus hatte er einen guten Blick auf Rosa, die in hohen weißen Stiefeln, schwarzer Netzstrumpfhose, einem weißen Oberteil, aus dem ihre riesigen Brüste herauszufallen drohten, ihre Dienste anbot. Krüger war nicht eifersüchtig. Das war ihre Arbeit. So war das eben. Trotzdem sollte sie nicht mit Gewalt zu irgendwas gezwungen werden, das sie aus freien Stücken nicht getan hätte. Aber er fürchtete, dass eine Auseinandersetzung unmittelbar bevorstand: Der hübsche Sven wollte nicht, dass sie für die Konkurrenz arbeitete. Doch sie war seiner unmissverständlichen Aufforderung nicht nachgekommen und stand nun wieder an ihrem gewohnten Platz in der Davidstraße.

Jetzt sah Rosa den hübschen Sven kommen. Und sie sah Krüger. Sie winkte ihm hastig zu. Krüger beschleunigte sein Tempo und eilte zu ihr.

»Los, komm mit hoch«, rief sie. »Da ist Ärger im Anmarsch. Geld ist erst mal egal. Nu komm, Krüger.«

Sie nahm ihn bei der Hand und zog ihn wie an den Vorabenden hinein in das kleine Haus, die Treppe hinauf in ihre Steige. Dann schloss sie die Tür und verriegelte sie. Krüger brauchte gar nicht durch die Gardinen nach draußen zu gucken, der Porsche war unüberhörbar. Er hielt genau vor dem Haus. Dann polterte der Riese die Treppe hinauf. Er klopfte heftig an die Tür, ohne auf Antwort zu warten rüttelte er an der Klinke. Zehn Sekunden später hatte er die Tür eingetreten. Der riesige Zuhälter musste sich nicht nur ducken, er musste richtiggehend den Kopf einziehen, um nicht mit dem Kopf am Türrahmen hängenzubleiben, so groß war er.

»Bumsen ist heute nicht«, sagte er zu Krüger. »Also verzieh dich Kleiner, ich will mit der da alleine reden.« So geladen wie der hübsche Sven ins Zimmer gestürmt war, schien relativ klar zu sein, was er mit »reden« meinte.

111

»Das kannst du vergessen«, erwiderte Krüger und stellte sich vor Rosa.

»Was?«, schrie der Riese. »Was willst du Zwerg denn hier aufführen? Komm verpiss dich, letzte Warnung!«

Krüger aber blieb standhaft.

»Nee, lass mal, Krüger«, rief Rosa, misch dich da nicht ein. Ich regel das schon mit dem Herrn«. Krüger aber hatte sich entschieden. Keine Woche auf der Reeperbahn war er nun schon mittendrin im Kampf um Gerechtigkeit, Frauenrechte und die Macht auf dem Kiez. Er ballte die Fäuste und ging in Abwehrhaltung. Seine Hände schützten sein Gesicht. Der hübsche Sven fackelte nicht lange. Er ging sofort auf Krüger los. Den ersten Schlägen konnte Krüger noch geschickt ausweichen, duckte den Kopf mal nach rechts, mal nach links weg. Doch es war ein ungleicher Kampf: die Schläge kamen nicht von vorn, sie kamen von oben. Der hübsche Sven war etwa 30 Zentimeter größer als Krüger. Es hagelte krachende Fäuste, Krüger tauchte noch ein paar Mal ab, zimmerte dem Riesen dann einige Haken in die Leber, so dass dieser innehielt und Krüger verdutzt ansah. Dann, an Rosa gerichtet, fragte er:

»Hast du dir hier 'nen Beschützer organisiert oder was, Rosa? Ist der von den anderen? Den kenn ich noch gar nicht.« Rosa ahnte, dass ein Ja von ihr die Sache deutlich schlimmer ausgehen lassen würde.

»Nein«, sagte sie, »das ist nur ein Kunde.«

»Na der muss aber ganz schön verrückt nach dir sein, dass der sich für dich opfert«, erwiderte der Zuhälter. »Ich glaub dir kein Wort, Rosa.« Dann schlug er wieder zu. Es war, als wenn Backsteine vom Himmel herabfallen würden, so hart und von so weit oben kamen die Fäuste auf Krüger zugeflogen. Er wehrte ab, was er konnte. Duckte sich ein paar Mal erfolgreich weg. Versetzte dem Riesen noch ein paar Leberhaken. Die zeigten auch ein wenig Wirkung. Den Hagel aber beendeten sie nicht. Und Krüger kam mit seinen Fäusten nicht mal in die Nähe des Kopfes vom hübschen Sven. Krüger versuchte einen letzten Gegenangriff. Er schrie und stürmte auf den Riesen los. Aber bevor Krüger auch nur in Reichweite seines Kinns kam, krachte dessen rechte Faust mitten in Krügers viereckiges Gesicht. Krüger taumelte. Er sah nur noch Sterne. Dann ging er zu Boden.

Eine gute Stunde später hörte er Schritte. Er machte die Augen auf. Er lag auf dem Bürgersteig, in der Kastanienallee, einer Seitenstraße der Davidstraße. Offenbar hatte man ihn hier abgelegt. Sein Hemd war voller Blut. Das kam aus der Nase. Krüger versuchte, auf die Beine zu kommen. Er torkelte in Richtung Davidstraße. Dort standen zwei Dutzend Bordsteinschwalben. Nur von Rosa keine Spur. Krüger humpelte zu Rosas Trottoirnachbarin und fragte nach Rosa.

»Die hat der hübsche Sven mitgenommen«, antwortete die Blondine. »Nachdem er dich da hinten abgelegt hat. An deiner Stelle würd ich hier so schnell nicht mehr aufkreuzen«, fügte sie hinzu. »Es sollen auch schon Leute ganz von der Bildfläche verschwunden sein.«

»Und Rosa?«, fragte Krüger? »Was willste machen«, erwiderte die dirne. »Das Leben auf St.Pauli ist leider kein Wunschkonzert.«

STAATSANWALT

Krüger lauerte. Im Gebüsch. Sich verstecken, das konnte er. Er war jetzt 25. Beim ersten Versteckspiel, an das er sich erinnern konnte, war er vielleicht vier Jahre alt. Es hatte sich wenig verändert. Man musste sich konzentrieren. Das war schwer als Kind. Die eigene Ungeduld auszuhalten: das war für Kinder das Allerschwerste. Manche von Krügers Kindheitsfreunden waren am Abend vor ihrem Geburtstag so aufgeregt, dass sie sich übergeben mussten. Krüger hatte sich diese Ungeduld früh abtrainiert. Weil er musste. Er musste sich vor dem Vater verstecken, der ihn schlagen wollte, wenn er ihn fand. Krüger lernte, sich vorzustellen, was der Suchende gerade machte. Diese kindliche Ungeduld zu unterdrücken war eine immense Kraftprobe. Aber es war besser als die Schläge. Manchmal gelang es, manchmal nicht. Diese harte Übung half ihm beim Versteckspielen. Was war das bestmögliche Versteck? Man wollte nicht gefunden werden und deshalb bei der nächsten Runde der Suchende sein. Suchen fand Krüger langweilig. »Hinter mir, vorder mir, links, rechts, gilt es nicht.« Das richtete sich an die, die sich am liebsten ganz in der Nähe des Mals versteckten, um baldmöglichst, nachdem der Suchende fertiggezählt hatte, die Augen öffnete und das Mal verließ, dort anzuschlagen, um sich zu befreien. Die fanden das clever. Weicheier, fand Krüger. Hielten ihre lächerliche Ungeduld nicht aus. Schnell laufen, suchen, anschlagen. Das können viele, dachte Krüger schon damals. So lange wie möglich nicht entdeckt zu werden hingegen, das war toll. Am besten gar nicht gefunden werden. Das war viel besser als am Mal anzuschlagen.

Einmal versteckte sich Krüger in einer Schublade, die man von innen verschließen konnte. Bis er keine Luft mehr bekam. Oder im Mülleimer, unter dem Müll. Gern auch genau da, wo gerade jemand gefunden worden war. Der Sucher ging da ja kein zweites Mal hin. Oder Krüger kletterte so hoch auf einen Baum, dass ihn dort keines der anderen Kinder vermutete. Sein bestes Versteck fand er eines Tages in einem Graben. Unter Wasser. Mit einem Bambusstab zum Luftholen. Die anderen hatten damals längst beschlossen, Krüger nur noch gemeinsam zu suchen. An diesem Abend gaben sie nach zwei Stunden mal wieder erfolglos auf. Und Krüger ging völlig durchnässt, aber stolz darauf, nicht gefunden worden zu sein, nach Hause.

Hier musste der Staatsanwalt auf dem Nachhauseweg vorbeikommen. Der hatte ihn wegen einer Schlägerei für drei Monate ins Gefängnis geschickt. Das war jetzt drei Jahre her. Krüger hatte seitdem noch eine Rechnung mit ihm offen. Krügers erstes Knasterlebnis. Die Mitgefangenen hatten ihn in Ruhe gelassen, nachdem er drei von ihnen die Nase gebrochen hatte. Das Leben hinter Gittern war nicht schlimmer als sein Leben draußen. Aber die Strafe, die der Staatsanwalt gefordert hatte, war ungerecht. Die anderen hatten angefangen. Hatten ihn provoziert. Ihn »Penner« genannt, »Säufer«. Und »Hurensohn«. Das war zu viel. Auf seine Mutter ließ er nichts kommen. Und das hatte er ihnen dann gezeigt. Deswegen Gefängnis? Wenn niemand sonst den Ruf seiner Mutter schützte, dann musste eben er das tun. Krüger also lauerte. Seit einer Stunde. Er hatte ja Zeit. Zu Hause wartete niemand. Seine Geschwister waren allesamt in Pflegefamilien in den Nachbardörfern untergekommen. Krüger nicht. Er hatte das Haus geerbt, weil er zum Todeszeitpunkt seiner Eltern schon 18 war. Vorsichtig blickte er durchs Gebüsch. Da kam der Staatsanwalt angeradelt. Im feinen Anzug. Nichtsahnend. Krügers Faust war bereit. Er wartete. Bis er das Fahrrad auf den Kieseln hören konnte. Und das Keuchen des Staatsanwaltes. Dann schnellte er zur nächsten Hausecke. Er hatte nur einen Versuch und wollte natürlich unerkannt bleiben. Sein Gesicht verdeckte eine Wollmaske. Krüger linste um die Ecke. Nur noch fünf Meter. Vier, drei, zwei ...jetzt. Er donnerte seine Faust mitten in das Gesicht des Staatsanwalts. Der fiel rittlings vom Rad und blieb benommen liegen. Krüger rannte hinter das Haus, durch das Gebüsch. Hinein in den Wald. Der Staatsanwalt lag noch immer auf dem Feldweg. Es dauerte, bis er überhaupt verstand, was gerade passiert war und um Hilfe schreien konnte.

Krüger flitzte durch den Wald, lief und lief und lachte. Im Gerichtssaal hatte der Staatsanwalt keine Gnade gekannt. Dass die anderen angefangen hatten, hatte ihn nicht interessiert. Auch wie sehr Krüger der Verlust seiner Mutter schmerzte, war Staatsanwalt und Gericht egal. Für einen Anwalt hatte Krüger kein Geld. Er war leichte Beute für die sogenannte Gerichtsbarkeit. Als er den Gerichtssaal betrat, hatten Richter und Staatsanwalt einen Lachanfall. Nicht seinetwegen, sondern wegen der Angeklagten im Verfahren, das vor seinem auf der Gerichtsrolle stand. Die Frau sei doch tatsächlich zu ihrer Berufungsverhandlung ohne Anwalt erschienen, erzählte ihm der Richter feixend. Das sei gegen die Prozessordnung. Als man sie gefragt habe, wo denn ihr Anwalt sei, hatte die unbedarfte Frau geantwortet, sie habe ihren Anwalt in der Sache angerufen. Der hatte in der Zwischenzeit seinen Doktortitel gemacht. Als er sich mit Dr. soundso gemeldet habe, hatte die Frau vor Schreck aufgelegt. Das hatte sie im Gericht erzählt. »Und dann habe ich sie nochmal gefragt, warum sie ohne Anwalt erschienen sei«, erzählte der Richter. Daraufhin habe die Frau erklärt: »Naja, der kann mich ja nicht mehr vertreten, der ist ja jetzt Arzt.« Wieder prusteten Staatsanwalt und Richter vor

Lachen. So etwas Lustiges sei ihnen lange nicht untergekommen. Nachdem sie sich gesammelt hatten, bewiesen sie in Krügers Fall weit weniger Humor. Sie zitierten schlichtweg seine Polizeiakte und stuften ihn als »Wiederholungstäter« ein. Der Richter bot ihm an, es bei einem vollen Geständnis bei drei Monaten Haft zu belassen. Krüger fand das wenig einfühlsam. Als wenn Knast so etwas wäre wie ein Supermarkt oder ein Schuhgeschäft. Der Richter war schließlich noch nie im Knast. Krüger antwortete nur einen Satz: »Um den Geschmack der Cola beurteilen zu können, müsste man schon mal von ihr getrunken haben.« Richter und Staatsanwalt hoben die Augenbrauen. Sie hatten den Spruch sehr wohl verstanden. Ein Vollzugsbeamter legte ihm nach dem Urteil Handschellen an und brachte ihn ins Gefängnis.

Krüger lief zu seinem Versteck. Einem brüchigen Hochsitz, den die Jäger nicht mehr benutzten. Einsturzgefahr. Dort hatte Krüger Wasser und ein paar Lebensmittel deponiert. Äpfel und Käsebrote. Schnaps. Bezahlt von seiner mickrigen Waisenrente. Die war mal wieder fast aufgebraucht. Dabei war der Monat erst zehn Tage alt. Weil er den Rest versoffen hatte. Er würde länger in seinem Versteck ausharren müssen. Vielleicht Tage. Wenn sie ihn verdächtigten, würden sie ihn zu Hause als erstes suchen. Bei Einbruch der Dunkelheit sah er Taschenlampen. Die Dorfpolizisten durchkämmten den Wald. Krüger blieb mucksmäuschenstill. Einmal leuchteten sie nach oben. In Krügers Richtung.

»Da kann er nicht sein, auf dem morschen Ding«, rief einer. Dann zogen sie weiter. Krüger blieb vorsichtshalber noch ein paar Stunden wach. Dann schlief er ein. Was sollte ihm schon passieren? Noch mal Knast? Dann war das so. Er hatte ohnehin keine anderen Pläne. Eine Woche war er jetzt wieder draußen. In Freiheit. Aber diese Freiheit hatte auch ihre Tücken. Monatelang hatte der Knast ihm Struktur gegeben. Einen Tagesablauf. Aber wie er danach seine täglichen vierundzwanzig Stunden verbringen sollte, darauf hatte man ihn im Gefängnis nicht vorbereitet. Verschlechterungsanstalt, dachte Krüger. Es war eben nicht so, dass man nach Hause ging und einen Plan hatte für den nächsten Tag. Krüger hatte im Knast viele getroffen, für die diese erste Phase nach der Entlassung immer wieder eine gefährliche Zeit war. Weil sie draußen nicht klarkamen, hatten sie die dümmsten Sachen angestellt, mit der Absicht schnellstmöglich wieder eingebuchtet zu werden. Ein Kreislauf, der für manche niemals wirklich endete. Der Knast gab ihnen Struktur. Zumindest mehr Struktur als ein Alltag ohne tägliche Arbeit und Verpflichtungen. Und man bekam zu essen.

Unbewusst hatte sich bei Krüger das Gefühl eingeschlichen, dass er in den Knast gehörte. Wenn er in den Augen aller ein Halunke war, dann musste er wohl auch dafür bestraft werden. Ein schlechter Mensch muss eingesperrt werden. Diese Stimme des Selbsthasses hatte sich inzwischen tief in ihn eingegraben und förderte jede Tat, die ihn zu einem noch größeren Halunken machte, der dann erst recht eingesperrt gehörte.

Im Knast gab es auch Alkohol, wenn man wusste, wie man ein paar Mark verdient. Es brauchte nur Wasser, Obst, Hefe und Zucker. Die Lebensmittel ließen sich ganz legal in der Anstalt kaufen. Oder man staubte sie in der Gefängnisküche ab. Nach ein paar Tagen Gärzeit war ein scheußlich schmeckendes Gebräu fertig. Es ging weniger um Genuss und Geschmack. Mehr um die schnelle Wirkung. »Aufgesetzter« sagten sie dazu. Mit 30 Prozent Alkohol. Und es gab auch noch die nächste Stufe: hochprozentigen Schnaps mit bis zu 70 Prozent Alkohol. Hergestellt mit einer Brennvorrichtung. Umgebaute Destilliergeräte wie Mülleimer oder Essensbehälter. Im Knast war jeder fünfte Insasse Alkoholiker. Struktur hin oder her: aufgrund immer gleicher Tagesabläufe mit Arbeit, festen Essenszeiten und Hofgang waren die Tage im Gefängnis so langweilig, dass sie sich kaum ohne Alkohol aushalten ließen. Krüger war mal wieder wegen einer Schlägerei verurteilt worden, die er im Suff angezettelt hatte.

Doch anstatt im Gefängnis trocken gelegt zu werden, trank er dort nicht weniger Alkohol als draußen. Wenn man ein paar Mark auf Tasche hatte, konnte man auch bei einigen Vollzugsbeamten Schnaps kaufen. Den brachten sie von draußen mit, um sich etwas dazuzuverdienen. In Mineralwasserflaschen. Sie verlangten das Vierfache vom Supermarktpreis. Von wegen, man wird im Gefängnis zu einem besseren Menschen gemacht, dachte Krüger. Therapieplätze gab es nicht wirklich. Im Gerichtssaal hatten sie ihn aufgefordert, einen Entzug zu machen. Im Gefängnis war davon dann aber keine Rede mehr. Krüger war nie gedrängt worden, ein paar Tage zu entgiften. Er wurde schlichtweg in Ruhe gelassen. Alkohol war natürlich offiziell verboten. Das hatten sie Krüger bei der Inhaftierung vorgebetet. Aber wenn man nicht direkt vor einem besonders strengen Schließer trank, nicht volltrunken durch die Gänge torkelte oder im Suff eine Prügelei veranstaltete, dann hatte man nichts zu befürchten. Das Gefängnis war eine Verwahranstalt, in der einfach sinnlose Lebenszeit verging, dachte Krüger. Mehr nicht. Es ging danach alles genauso weiter. Wenn man im Bau nicht von Stärkeren verprügelt und gequält wurde, ließ es sich ganz gut aushalten. Immerhin war man unter seinesgleichen. Unter Aussätzigen, die draußen keiner wollte. So ein Leben war zumindest eine Option. Krüger hielt draußen nichts. Er war auf sich gestellt. Einsam. Keine Freunde. Nur selten Arbeit. Die paar Mark, die er dabei verdiente, waren schnell wieder versoffen. Drinnen konnte er sogar boxen üben. Im Innenhof hing oft ein Sandsack. Oder man trainierte am lebenden Objekt. Wer sich durchsetzte, wurde nicht nur in Ruhe gelassen, sondern sogar respektiert. Außerdem musste man kein Essen auftreiben. Besseres hatte Krüger draußen auch nicht. Das

Beste aber war: man war nicht allein. Hier und da ein paar Witze erzählen, ein paar Geschichten anhören. Krüger hatte eine blühende Fantasie. Die ging so weit, dass er sich im Kopf jede fremde Welt zu seiner eigenen machen konnte. Dann war alles seins und er der Chef. Auch im Gefängnis. Der Gefängnisleiter war dann »sein bester Freund«, egal ob das dann wirklich so war oder ob der ihn überhaupt nicht kannte. Es war »sein Gefängnis«. Manchmal fühlte er sich geradezu wohl im Gefängnis. Besser als im Haus seiner Kindheit dauernd an all das erinnert zu werden, was passiert war. An Möhrchen. Und die Mutter. Und den Vater. Das bekam ihm nicht. Da übermannten ihn immer wieder die Gefühle. Erst Trauer, dann Wut. Dann Hass. Und noch mehr schwarzer Teer im Magen. Und wieder Alkohol. Erst Bier. Dann Schnäpse. Alles, was aufzutreiben war. Kurz nach dem Familiendrama, hatten sie im Dorf noch Mitleid mit ihm. Eine Zeit lang ließen sie ihn im Dorfkrug anschreiben, dann auch in den anderen Wirtshäusern. Und im Einkaufsladen. Sie wussten ja, dass er bald Waisenrente bekommen würde. Es dauerte nicht lange, da hatte Krüger überall Schulden. Dreistellig fing es an. Dann mehr. So begann das nächste düstere Kapitel seines Lebens. Krüger versetzte die Möbel. Verkaufte das kleine Stück Land, das er einst mit Möhrchen hatte beackern wollen. Es folgte die Hypothek auf das Haus. Dass seine Geschwister deshalb später gar nichts erben würden, war ihm egal. Alles war ihm egal. Draußen oder drinnen, am Leben oder nicht. Besoffen merkte er all das ja nicht. Auch nicht den Schmerz, der so tief in ihm wucherte. Seine Ausflüge in andere Dörfer und Städte dauerten nun länger. Er marschierte in benachbarte Orte oder fuhr schwarz mit der Bahn, wurde dabei mal erwischt, mal auch nicht, und verdingte sich als Gelegenheitsarbeiter. Den Lohn brachte er in die nächste Kneipe, schlief irgendwo, mal in Arbeiterbarracken, mal auf der Wiese. Jemals eine Frau zu erobern war in weitere Ferne gerückt als der Mond.

Seine Ausstrahlungskraft und sein Mut waren längst einer düsteren Aura gewichen. Nur Geschichten erzählen, das konnte er gut. Da blitzte der alte, vielmehr der junge Krüger immer wieder auf. Das half beim Arbeit finden und wer einmal gesehen hatte, wie Krüger ranklotzen konnte, der gab ihm Arbeit. Denn aufs Ranklotzen kam es an, wenn man nichts gelernt hatte. Meistens auf dem Bau, in einem Sägewerk oder auf der Müllkippe. Manchmal musste auch ein Garten umgegraben werden. Das Schaufelradbaggern funktionierte noch. Auch mit Kater. Auf seine Muskeln war Verlass. Aber es war ein Leben ohne Plan. Mehr ein Dahinvegetieren. Vor allem, wenn er morgens, noch vollkommen betrunken, auf irgendeinem Bürgersteig aufwachte und sich nicht erinnern konnte, wie er dorthin gelangt war. Und Ärger, den gab es immer. Meistens, weil Krüger nie widerstehen konnte, auf den Baustellen praktisches Werkzeug mitzunehmen. Werkzeug, das er vielleicht beim nächsten Job gebrauchen konnte. Oder an den nächstbesten im nächsten Ort verkaufte. Denn Geld für Schnaps brauchte er immer. Und wenn ihn dann freche Gesellen morgens auf der Straße fanden und sich über ihn lustig machten oder ihn gar bespuckten, schlug Krüger zu. So lernte er schließlich weitere Staatsanwälte kennen. Zu viele, um ihnen allen aufzulauern und Rache zu üben.

Noch öfter war er wegen Fahrens ohne Fahrerlaubnis verurteilt worden. Am Anfang nur auf Bewährung. Aber spätestens beim vierten Mal galt man als Wiederholungstäter. Und Wiederholungsgefahr, das hatte Krüger so oft im Gerichtssaal gehört, war nun mal ein Grund, eingesperrt zu werden. Autofahren konnte er schon mit 13. Aber einen Führerschein hatte er nie gemacht. Meistens »lieh« er sich den Wagen der Firma, bei der er gerade arbeitete. Dass das selten unbemerkt blieb, war ihm egal. Krüger lebte für den Moment. Das sprach sich natürlich rum, und so wussten die Dorfpolizisten genauso sicher wie

Krüger, was als nächstes kam, wenn sie ihn anhielten. Gerichtssaal. Staatsanwalt. Anklage. Verurteilung. Nie für lange. Aber die Gefängnisse im Umkreis von 50 Kilometern kannte Krüger bald alle. Sinnlose Jahre vergingen. Nichts wurde besser. Der schwarze Teer hatte längst Körper und Seele gefüllt. Krüger war im Begriff, sich aufzugeben. Aber totzukriegen war er nicht. Warum, verstand er selbst nicht.

TOILETTENMANN

Krüger hatte ein paar Spaziergänge durch Hamburg gemacht, um sich eine Meinung zu bilden über Rosa und den Kiez und die Zuhälter. Er hätte Rosa am liebsten aus ihrer Lage befreit. Aber die Riege der Muskelmänner, das ganze System dahinter, das war wohl doch eine Nummer zu groß für ihn, wenn er sich nicht mal im Kampf Mann gegen Mann gegen einen einzigen Riesenluden durchsetzen konnte. Gewalt lag in der Luft und es würde auf Dauer nicht bei Schlägereien bleiben, das ahnte Krüger, und da wollte er nicht hineingeraten.

Wer im Milieu arbeitet, hatte Angst, das spürte Krüger. Also hielt er sich lieber fern von der sündigen Meile. Zumindest etwas fern. Denn bei seinen Bummeln durch Hamburg war er am Fuße der Reeperbahn natürlich auch am DOM vorbeigekommen, dem Hamburger Jahrmarkt. Alle Schausteller suchten permanent Leute. Für den Aufbau der Fahrgeschäfte und fürs Ticket abreißen, wenn die Vergnügungssüchtigen in ihren Autoscootern, Karussellen und Riesenrädern Platz genommen hatten. Krüger bummelte weiter. Er fand das alles aufregend und nach vorne zu denken, an seine Zukunft, vertrieb die traurigen Gedanken an Rosas Schicksal. Am liebsten wäre er irgendwo der Chef. Egal was es war, er wollte einmal das Sagen haben. Einmal wirklich sagen können, dass etwas »seins« war. Vielleicht brauchte er dafür diesmal gar keine Eingebung von oben. Er musste einfach suchen und finden. In der großen Stadt gab es so viele Möglichkeiten. Überall suchten sie Leute. Nur wo konnte ein Ungelernter wie er sein eigener Herr sein? Um einen eigenen Laden zu eröffnen, fehlte ihm das Geld. Einen Kredit würde ihm keine Bank geben. Das Elternhaus zu verkaufen hätte gerade dazu gereicht, seine Schulden im Dorf zu bezahlen. Krüger spazierte weiter über den Jahrmarkt, der am nächsten Tag eröffnen sollte. Hier würde ab morgen das Leben toben. Er hätte sofort bei einem der Fahrgestelle Arbeit gefunden. Er war schwindelfrei, eine der Grundvoraussetzungen für alles, was in die Höhe ging. Oft genug hatte er als Dachdecker gearbeitet.

Krüger bummelte weiter. Und dann sah er ihn: den weißen Container. Und das Schild: »Zuverlässiger Mitarbeiter gesucht«.

Krüger hatte nicht lange gebraucht, den Chef davon zu überzeugen, dass er der Richtige für diesen Job war. Er könne alles reparieren, habe jahrelang als Bauarbeiter geschuftet und wer Tote aus Wohnungen holen konnte, der konnte auch menschliche Exkremente vertragen. Er hatte also für alle Probleme eine Lösung. Nach einem Führungszeugnis fragte bei so einem Job auf dem Heiligengeistfeld am Rande der Reeperbahn niemand. Fünf Mark die Stunde. Das war zwar etwas weniger als der Durchschnittslohn für einen Arbeiter. Aber er bekam ja auch Trinkgeld. Er war jetzt 37 und in seinem Toilettenwagen war er fortan der Boss. Keiner sagte ihm, was zu tun war. Das wusste er schließlich selbst. Der Chef wollte nur einmal am Tag vorbeischauen, um das eingenommene Geld einzusammeln. Er übergab Krüger einen Klappstuhl, Reinigungsmittel und den Schlüssel. Mehr brauchte Krüger nicht. Der weiße Kittel stand ihm gut. Krüger hatte sich gleich drei davon besorgt. Er wollte ordentlich aussehen. 20 Pfennig stand an der Tür. Herren rechts. Frauen links. Die einzige Toilette auf dem DOM.

Nebenan gastierte ein kleiner Zirkus. Krüger stellte sich vor und half beim Aufbau des Zeltes. Unentgeltlich. Das kam gut an und der Zirkusdirektor sah sofort, dass man Krüger bestimmt noch öfter um Hilfe bitten konnte. Krüger hätte niemals danach gefragt, aber die gastfreundlichen südländischen Zirkusleute boten ihm tatsächlich gleich ein Nachtlager an. Falls er kein Problem mit Pferden habe. Krüger bekam leuchtende Augen. »Ich liebe Pferde«, sagte er und kaum hatte er das gesagt, trugen zwei Rumänen ein Bett durch die Gegend und stellten es in ein kleines Zelt, in dem sich das Gehege für die sechs Zirkuspferde befand. Krüger war willkommen, und das fühlte sich gut an. Es war genau das, was er gebraucht hatte in dieser großen anonymen Stadt. Ein bisschen zuhause. Natürlich luden sie ihn auch gleich zum Abendessen ein. Es gab Gulasch. Wer auf seinen Körper achten musste wie die Akrobaten, der trank Wasser, die anderen Wein. Krüger blieb bei seiner Cola.

Morgens bekam er einen Kaffee und so viele Brötchen, wie er wollte. Am Vormittag half er wieder beim Aufbau des riesigen Zeltes und fand für jedes kleine oder größere Problem eine Lösung. Die Hilfsarbeiter aus Rumänien und Bulgarien achteten ihn aufgrund seiner immensen Kraft. Er lernte ihre Handwerkertricks und sie die seinen. Am Nachmittag war er dann der Toilettenmann. Tausende Menschen kamen, Kinder und Erwachsene, Herren rechts, Frauen links, das Trinkgeld sprudelte, und Krüger versuchte, seinen Toilettenwagen so sauber wie möglich zu halten. Nach drei Stunden schaute der Besitzer des Containers vorbei. Er hatte Krüger heimlich beobachtet und war begeistert von dessen Fleiß und Freundlichkeit. Er klopfte Krüger auf die Schulter und gab ihm seinen Lohn für den ersten Tag. Krüger war glücklich. Er wurde wertgeschätzt und gebraucht, Geldsorgen würde er erstmal nicht haben und vielleicht konnte er sogar etwas sparen, um seine Schulden im Dorf zurückzuzahlen. Das war sein Plan. Für die Nacht hatte er ein Zelt über dem Kopf. In die große weite Welt aufzubrechen, erwies sich immer mehr als die richtige

Entscheidung. Und auch wenn er nur ein paar hundert Meter von der Reeperbahn entfernt war: hier gab es pure Harmonie statt Krieg um Straßendamen. Und das bekam Krüger gut.

Vier Wochen ging der Dom. Nach zwei Wochen fragte ihn der Containerbesitzer, ob er sich diesen Job auf Dauer vorstellen könne. Krüger musste nicht lange überlegen. Nur Autofahren konnte er nicht, naja: durfte er nicht. Er fragte die Zirkusleute, ob sie dafür eine Lösung hätten. Für die Südländer gab es, da waren sie sich ähnlich, keine Probleme, nur Aufgaben, und den Toilettencontainer mit einem ihrer vielen Lkw zu transportieren sei das einfachste auf der Welt. Sie wussten schon nach kurzer Zeit, was sie an ihrem Krüger hatten.

So zog Krüger mit den fahrenden Gesellen von Ort zu Ort und erledigte seine Arbeit, als hätte er nie etwas anderes getan. Hatte er ja eigentlich auch nicht. Er machte die Arbeit, die kein Deutscher machen wollte, so wie er das ja auch schon als Totengräber getan hatte. Er hatte inzwischen ein Bankkonto auf seinen Namen. Der Chef überwies ihm seinen Lohn an jedem Monatsende.

Wenn er genug Zeit hatte und der Jahrmarkt nicht allzu weit weg Station machte, fuhr er in sein Heimatdorf und zahlte nach und nach seine Schulden ab. Die Menschen von früher hatten ihren Augen nicht getraut, als er zum ersten Mal nach langer Zeit den Dorfkrug betrat und ankündigte, dass er trocken sei und gewillt, seine Schulden zu tilgen. Im Dorfkrug fing er damit an und kam dann tatsächlich alle paar Wochen wieder, immer mit einem kleinen Bündel Scheine. Er brauchte nicht viel zum Leben, die Zirkusleute gaben ihm zu essen. Wenn gerade kein Jahrmarkt war, verdingte er sich als Maurer, Zimmermann oder Klempner. Zu tun gab es immer, und wenn man so stark war wie Krüger, immer mit anpackte und keiner Aufgabe aus dem Weg ging, war man gern gesehen und wurde angemessen bezahlt. Wenn ihn

Angetrunkene im Toilettenhäuschen anpöbelten, sagte er sich, dass er im Gegensatz zu ihnen, trocken wie er nun war, am nächsten Morgen keinen Kater haben würde. Und so nahm er alles mit engelsgleicher Gelassenheit. Durchzuatmen war vielleicht schwerer als zuzuschlagen. Aber es war klüger. Wenn sie ihm ihr Geld einfach frech vor die Füße warfen, holte er tief Luft, dachte an den Dorfkrug und daran, wie gern sie ihn dort in ihre Gemeinschaft wieder aufgenommen hatten. Auch Goliath mit Stethoskop war mit ihm zufrieden. Krüger besuchte ihn einmal im Monat und verlangte jedes Mal, dass er eine kleine Gegenleistung erbringen dürfe, irgendwas womit Goliath sich selbst schwertat. Gartenumgraben, Brennholzstapeln, eine Wand streichen, eine Grillecke bauen. Krüger stand gefühlt in Goliaths Schuld, und die ließ sich so ein wenig abbauen. Geld nahm er von Goliath nicht an. Das ging gegen seine Ehre.

Am liebsten aber kümmerte er sich um die Pferde im kleinen Zirkus. Unentgeltlich fütterte er sie oder half, ihren Stall sauber zu machen. Einmal war ein Pferd krank. Es hatte sich bei einer Akrobatiknummer verletzt. Irgendwas war ausgerenkt, das Pferd konnte nicht mehr auftreten. Es lief nicht rund. Ein Tierarzt kam, Krüger sah ihm über die Schulter. Das Schultergelenk war ausgekugelt, das Pferd litt unübersehbar und hatte Schmerzen. Der Arzt gab dem Tier eine Spritze. Die linderte kurzzeitig die Schmerzen, aber nach dem nächsten Auftritt war alles noch schlimmer. Der Tierarzt kam wieder, noch eine Spritze, aber es wurde nicht besser. Im Gegenteil. Der Arzt erklärte Krüger das Problem. Aber um eine Pferdeschulter einzurenken, brauche es übermenschliche Kräfte.

Krüger konnte an diesem Abend nicht schlafen. Es musste doch eine Lösung geben, es gab schließlich für alles eine Lösung, wenn er es geschafft hatte, nicht mehr zu trinken. Er zog sich an und ging nach nebenan zu den Festzeltboxern. Die hatten ihr

Tagwerk geschafft. Das Festzelt war inzwischen menschenleer. In der Mitte stand ein Boxring. Jeden Tag konnten hier übermütige, meist junge Männer aus der Menge gegen einen der Kraftprotze antreten. Die saßen jetzt am Rande des Rings und spielten Karten. Krüger war längst Teil der Jahrmarktgemeinde und wurde freundlich empfangen. Die Männer sahen seine Oberarme und hatten Respekt. Anders bekam man hier keinen. Der Stärkste von ihnen, ein Jugoslawe, fragte, vermutlich mehr zum Spaß als ernstgemeint, ob er für zehn Mark Einsatz gegen ihn im Armdrücken antreten wolle. Deswegen war Krüger natürlich nicht hergekommen. Aber nein sagen musste er ja nur zu Schnaps und Bier. Und unterschätzt zu werden, das kannte er ja. Die anderen Boxer nahmen rund um die beiden Platz. Krüger zog den Pullover aus. Seine Vierecke hatten sich zum Teil in Rundungen verwandelt, seinen Bauch trug er inzwischen gefühlt einen halben Meter vor sich her. Krüger legte einen Zehner auf den Tisch, der Jugoslawe tat es ihm gleich. Dann ging es los. Der Jugoslawe war so muskulös, dass seine Adern aus dem Oberarm heraustraten. Wie Stacheldraht. Er war einen Kopf größer als Krüger, hatte riesige Hände und den besseren Hebel. Er packte Krügers kleinere Hand und übte von Sekunde eins an einen Druck aus, wie ihn Krüger beim Armdrücken noch nie gespürt hatte. Krügers Unterarm bewegte sich in Richtung Tischplatte. Ihm fehlte das Training. Er hatte schon lange nicht mehr geboxt, bestimmt 20 Jahre nicht. Aber er hatte immer gearbeitet. Steinplatten getragen, die auf der Baustelle sonst kein anderer auch nur hochheben konnte. Seine besondere Technik bestand darin, die Steinplatten auf seinem stahlharten Bauch abzustellen. So musste er sie nur festhalten, brauchte also beim Tragen weniger Kraft mit den Armen. Krüger hatte Schrauben gelöst, an denen alle Kollegen gescheitert waren. Heringe, die das Zirkuszelt befestigten und die beim Abbau niemand aus dem Boden ziehen konnte, riss Krüger mit dem bloßen Zeigefinger mit einem Ruck heraus. Daran erinnerten sich seine Muskeln jetzt gerade noch rechtzeitig und so hing sein Unterarm zwar angewinkelt in der Luft, aber nur auf halber Höhe zwischen Tisch und Ausgangsposition. Der Jugoslawe machte Druck. Aber Krüger ließ nicht nach. Der Jugoslawe sah ihn leicht verwirrt an. Krüger setzte sein breitestes Grinsen auf. Das Ganze machte ihm plötzlich Spaß. Er hatte den Drachen in seinem Magen gezähmt, wer oder was also sollte ihn schon unterkriegen. Krügers Grinsen irritierte den Jugoslawen noch mehr. Dann pressten Krügers Finger die viel größere Hand des Jugoslawen zusammen wie eine riesige Kartoffel. Sein Bizeps schwoll an, seine Ober- und Unterarme waren wieder Vierecke. Sekunde für Sekunde brachte er seinen Unterarm langsam wieder in die Ausgangslage. Die Kollegen feuerten den sichtbar hart kämpfenden Jugoslawen nun energisch an. Krüger machte eine kaum spürbare Pause. Dann holte er einmal tief Luft, lächelte dem Gegner noch einmal zu und drückte den Unterarm seines Widersachers mit einer langen aber unwiderstehlichen Bewegung auf die Tischplatte. Er hatte gewonnen. Die Boxer rieben sich die Augen. Einigen stand der Mund offen. Der Jugoslawe schüttelte seine Hand aus, sah ihn aus tiefen Augen an und sagte: »Bravo, Mann. Du bist unglaublich.« Krüger nahm halb lächelnd, halb verlegen die beiden Zehnmarkscheine an sich, und sagte, dass er deswegen eigentlich nicht hergekommen sei. Die Boxer sahen ihn erstaunt an. Krüger fragte, ob sich einer der Boxer schon mal die Schulter ausgekugelt hatte. Sie lachten. Schon oft sei das vorgekommen, dann helfe nur eins: einrenken. Krüger ließ sich zeigen, wie Menschen das bei Menschen machten. Er bedankte sich und erzählte von dem verletzten Pferd.

»Wenn das einer schafft, dann du«, sagte der Jugoslawe, »und wenn du willst, und ein bisschen boxen kannst, dann mach doch mal bei uns mit. Komm einfach vorbei.« Krüger ging schnurstracks zum Zirkusdirektor. Fragte ihn, ob er bei der verletzten Stute Hand anlegen dürfe. Der Zirkusdirektor hatte nichts dagegen, glaubte aber kaum an den Erfolg von Krügers Vorhaben. Krüger nahm zwei Möhren und öffnete den Pferdestall. Die Tiere kannten ihn und drängten sich um ihn. Krüger mochte ihre Wärme. Ihre Körper. Ihre Zuneigung. Dann widmete er sich der Stute. Sie stöhnte vor Schmerzen. Mit seiner rechten Hand ertastete er kräftig, aber vorsichtig das betroffene Gelenk. Das Pferd ließ es geschehen. Es wusste instinktiv, dass Krüger gekommen war, um zu helfen, nicht um Schmerzen zu bereiten. Es neigte die Ohren. »Das bedeutet, dass sie sich entspannt«, sagte der Zirkusdirektor. »Sie vertraut dir.«

Krüger fühlte, dass das Gelenk bestimmt vier, vielleicht fünfmal so groß war wie bei den Boxern, die ihm das Einrenken gezeigt hatten. War er stark genug? Konnte er dem Tier weh tun? Irgendeinen bleibenden Schaden anrichten? Er massierte die schmerzende Stelle, erkundete jeden Muskelstrang. Die Schulter war riesig. Immer wieder tastete er das Tier ab, näherte sich dem Punkt, an dem es weh tat. Dann nahm er den zweiten Arm und seine linke Hand dazu. Die Stute schien zu ahnen, dass es jetzt ernst wurde. Sie schnaubte, schüttelte den Kopf, trat mit den Hufen auf der Stelle, wieherte, schnaubte erneut, blubberte und schabte. Krüger flüsterte ihr ins Ohr, dass alles gut werde.

»Vertrau mir«, sagte er immer wieder. »Vertrau mir.« Dann griff er mit aller Kraft zu, mit beiden Händen, machte die Bewegung, die er sich im Kopf zuvor dutzende Male vorgestellt hatte. Er fühlte den Schmerz, fühlte die Stelle, er fühlte das Pferd. Es gab ein merkwürdiges Knacken. Das Pferd wieherte, schnaubte, schabte wieder auf der Stelle, schüttelte den Kopf. Dann legte es den Kopf auf Krügers Schulter. Krüger streichelte die Stute zwischen den Augen, am Hals, an der Mähne. Und am

Bauch. Minutenlange gegenseitige Zärtlichkeiten. Das Pferd hatte glänzende Augen.

»Sie freut sich«, sagte der Zirkusdirektor. Dann führte Krüger das Pferd aus dem Gehege. Der Zirkusdirektor hatte alles mitangesehen. Er stand da, mit offenem Mund, aber noch voller Zweifel. »Wir lassen sie mal durch die Manege laufen«, schlug Krüger vor. Das Pferd ging bereitwillig mit. In der Manege ließ Krüger die Stute los und lief vor ihr her. Sie folgte und rannte wie er im Kreis, hüpfte, drehte immer wieder den mächtigen Kopf, lief eine Runde nach der anderen. Wie befreit. Der Zirkusdirektor klatschte in die Hände.

»Ich schulde dir was, Krüger.« Krüger winkte ab. Gebraucht zu werden, etwas Sinnvolles zu tun, war das Beste, was ihm geschehen konnte. Er hatte jetzt eine Ersatzfamilie. Genau das, was ihm bei der Entlassung aus dem Landeskrankenhaus so gefehlt hatte. Dr. Seele und Dr. Körper hatten ihm deshalb damals geringe Chancen trocken zu bleiben prognostiziert.

DIE WAND

Als Krüger trocken war, hatte Dr.Seele immer wieder versucht, mit ihm über seine Kindheit zu reden. Aber wenn Krüger eine Sache nicht wollte, dann über seine Kindheit reden. Nicht mit Dr.Seele und auch nicht mit jemand anderem. Davor stand eine innere Wand, die niemand einreißen durfte. Dr.Seele redete Krüger ins Gewissen. 60 Prozent der Alkoholkranken würden in den ersten ein bis zwei Jahren rückfällig, sagte er. Je gefestigter ein Alkoholiker das Landeskrankenhaus verlasse, desto geringer sei die Rückfallgefahr. Und gefestigt bedeute, mit seinen seelischen Problemen aufgeräumt zu haben. Aber »gefestigt« fühlte sich Krüger nur, solange seine innere Wand stand. Dr.Seele hingegen sagte, der körperliche Entzug, müsse »durch Motivationsarbeit« unterstützt werden. Krüger könne einen Rückfall nur dann vermeiden, wenn er Krankheitseinsicht entwickelte. Also herausfinde, was ihn in die Sucht getrieben habe. Dr.Seele versuchte deshalb, mit ihm über die Erinnerungen an seine Mutter zu reden.

»Nein«, sagte Krüger. »Die wohnt hinter der Wand.« Dr.Seele war immer wieder überrascht, über Krügers klare und fantasievolle Sprache. Er fragte ihn nach seinem Vater. »Nein«, sagte Krüger wieder. Auch der wohne hinter der Wand.

»Krüger, haben Sie sich eigentlich selbst lieb?«, fragte Dr.Seele.

Mit dieser Frage konnte Krüger nichts anfangen. Aber irgendwie doch. Es gab eine Antwort, aber keine schöne.

»Nein«, erwiderte Krüger. »Wer soll so einen Halunken wie mich schon liebhaben?«

»Hängt das zusammen, dass Sie sich selbst als Halunken bezeichnen und sich nicht liebhaben?«

»Aber alle nennen mich so, das sind so viele, da müssen die wohl recht haben. Ich bin so wie ich bin. Eben ein Halunke.«

Dr. Seele hatte einen Verdacht. Krüger hatte ihm gegenüber oft erwähnt, dass er sich auf »seiner« Station sehr wohl fühle. Dass alle Patienten, egal ob Tourette, die mit Stimmen im Kopf oder die Abhängigen »seine besten Freunde« seien. Einmal hatte er sogar von »seinem« Krankenhaus geredet. Dr. Seele hielt es für möglich, dass das nicht nur so dahingesagt war. War Krüger durch die nie erfolgte Bestätigung durch seine Eltern in seiner Kindheit so stark traumatisiert, dass er narzisstische Züge entwickelt hatte? Hinter der Wand, wie Krüger es formulierte, wohnten die traumatischen Erinnerungen. Aber hatte Krüger nur einen gesunden Abwehrmechanismus oder handelte es sich um eine tiefgreifende Persönlichkeitsstörung? Dr. Seele entschuldigte sich, stand auf und ging zu seiner Bücherwand. Er musste nicht lange suchen, holte ein Fachbuch aus dem Regal und blätterte darin, auf der Suche nach seinem Verdacht. Krüger sah ihm geduldig zu.

»Irgendwo steht hier was über Sie, Krüger. Das muss ich finden.«

»Über mich?«, fragte Krüger?

»Ja. Und über die Wand. Geben Sie mir ein paar Minuten.«

Krüger war gespannt. Und er war erleichtert, dass ihm der Psychiater zumindest nicht wieder mit Tierversuchen kam. Die fand Krüger schrecklich. Wie hilflos mussten die kleinen Mäuse sein, wenn die Wissenschaftler mit ihnen machten, was sie wollten. Und wenn schon er den Entzug kaum hatte aushalten können, wie musste es da einer kleinen Maus gehen? Dr. Seele hatte die richtige

Seite gefunden: Die Wissenschaft besagte, dass fünf von neun klassischen Charaktermalen zutreffen müssten, um Narzissmus zu diagnostizieren. Dr.Seele ballte unter dem Tisch die rechte Faust, um mit den Fingern mitzuzählen: Krüger war gesellig, aber auch unverträglich, zumindest unter Alkoholeinfluss. Das passte ins Schema. Dr.Seele öffnete den kleinen Finger aus der Faust. Er las weiter, während Krüger wartete. Eine unrealistisch-positive Selbsteinschätzung war typisch für Narzissten. Krügers Größenfantasien passten ins Schema. Er präsentierte sich nach außen als großartig und übertrieb seine beruflichen Erfolge. Ringfinger. Probleme bei der Impulskontrolle, also Wutausbrüche, Krüger sprach außerdem ungern über seine Gefühle und neigte bei der Selbstdarstellung zu Übertreibungen, erfand Geschichten und Erfolge. Dr.Seele öffnete auch den Mittelfinger. Wie jedes Kind hatte auch Krüger das Bedürfnis nach Bestätigung durch seine Eltern gehabt. Zu sehr gelobte Kinder entwickelten narzisstische Züge. Ein intaktes autonomes Selbst entwickeln Kinder, wenn Befriedigung und Frustration dieses Bedürfnisses ausbalanciert sind, las Dr.Seele. Dann lernt das Kind, sich aus eigener Kraft zu stabilisieren. Pathologischer Narzissmus aber entsteht, wenn die Bestätigung der Eltern chronisch unzureichend und die Frustration traumatisch ist. Das war, dem wenigen zufolge, was Krüger über seine Kindheit preisgegeben hatte, sicherlich zutreffend. Also auch der Zeigefinger. Vier Merkmale trafen also schon mal auf Krüger zu. Nur den Daumen drückte Dr.Seele noch an seine Handinnenfläche.

Andererseits war Krüger weder ausbeuterisch noch arrogant noch neidisch. Exzessive Bewunderung benötigte er auch nicht. Zwar hielt er sich für einzigartig, hatte andererseits aber kein allzu hohes Anspruchsdenken an sich. Dr.Seele fragte sich, ob Krüger auch wenig empathisch war. Wenn er sich mit jemandem prügelte: dann mit Sicherheit ja, zumal er ordentlich auszuteilen wusste und seiner Gerichtsakte zufolge schon einige Menschen körperlich verletzt hatte. Aber wäre dann nicht jeder Boxer wenig empathisch? Konnte er Gefühle und Bedürfnisse von Mitmenschen sehen? Den anderen Patienten gegenüber verhielt er sich sehr kollegial. Er half Älteren die Treppe hinauf und trug ihnen ihre Sachen ins Zimmer. Die Berichte über Tierversuche weckten in ihm Mitleid mit den Tieren. Krüger hatte keine Depressionen, keine Verlustängste, keine Beziehungsängste. Er hatte ja nichts zu verlieren, die Eltern waren tot, er hatte keine Liebesbeziehung und ging eher mit der Frage, was kostet die Welt? aus dem Haus als mit gesenktem Kopf. Er musste auch nicht der Bessere sein.

»Können Sie gut verlieren, Krüger? Beim Boxen oder beim Kartenspiel?«

»Man kann auch mal verlieren. Aber man muss verlieren wie ein Mann«, antwortete Krüger. Diesen Spruch meinte Dr. Seele aus einem Western zu kennen. Das Zitat hatte sich Krüger offenbar angeeignet, aber es schien ehrlich gemeint zu sein. Autoritäten wie Ärzte und Chefs erkannte Krüger an, auch wenn die von ihm beschriebenen Arbeitsstätten in seinen Worten immer »seine Baustellen« oder »sein Bestattungsinstitut« waren. Ob er denkt, das hier sei »sein Krankenhaus?«, fragte sich Dr. Seele. Gesagt hatte Krüger das schon öfter. Krüger verlangte aber keine Sonderbehandlung. Auch nutzte er andere nicht aus. Er hegte keine Fantasien über grenzenlosen Erfolg, Macht, Schönheit oder ideale Liebe. Es sei denn, die Formulierung das alles »seins« war, entsprang eben solch einer Erfolgsfantasie, hinter der dann doch ein Selbstwertproblem steckte. Dr. Seele betrachtete seinen Daumen. Entließ ihn aus der Handinnenfläche. Dann bewegte er ihn zurück in die Hand. Er war sich bei Krüger nicht sicher. Tendenz Narzisst. Krüger, resümierte Dr. Seele, war ein Grenzfall. Auf jeden Fall war Krüger so stark traumatisiert, dass er sich partout weigerte, über seine Kindheit zu sprechen.

»Krüger, sagen Sie mal: wo wohnt der fauchende Drache, von dem Sie immer sprechen? Hinter oder vor der Wand?«

»Der schlängelt sich mal davor und mal dahinter«, antworte Krüger ohne nachzudenken. Dr. Seele war sprachlos. Er hatte in all seinen Berufsjahren selten einen Patienten mit so wenig Schulbildung und einer dennoch so klaren und gleichzeitig kindlichen Sprache erlebt. Dennoch war er sich sicher, dass die Wand fallen musste, wenn Krüger es schaffen wollte, trocken zu bleiben.

»Was, wenn die Wand nicht mehr steht, Krüger?«, fragte Dr. Seele.

»Das darf nicht passieren, Herr Dr.«, antwortete Krüger.

»Aber es wird passieren. Es passiert allen. Und dann sind Sie allein mit dem Drachen. Und ihm wahrscheinlich nicht gewachsen. Wissen Sie, Krüger: Ich glaube, Sie haben einen guten Kern. Den haben Sie sich bisher bewahren können. Der wohnt ganz tief in Ihnen. Tiefer als die Wand. Aber der ist ständig in Gefahr, weil der Drache an ihm nagt. Der Drache kommt ja offenbar überall hin. In Ihren Worten speit der Drache sein Feuer und der gute Kern könnte dabei irgendwann verbrennen. Wenn wir gemeinsam Ihre Kindheit aufarbeiten würden, dann könnten wir eine Hülle um diesen guten Kern bauen. Und wir könnten ihre Erinnerungen woanders unterbringen als hinter der Wand in der Magengrube. Und dann könnte der Drache Ihnen nichts mehr anhaben.«

»Wo denn hin mit den Erinnerungen?«, fragte Krüger.

»Zum Beispiel in eine kleine Ecke in Ihrem Kopf«, schlug Dr. Seele vor. »Was passiert denn, wenn Sie an Ihre Kindheit denken?«

»Dann kommen böse Bilder.«

»Gibt es auch schöne Bilder, wenn Sie an früher denken?«

»Ja.«

»Nämlich?«

»Versteckspielen. Wenn mich keiner finden konnte und ich mich darüber totgelacht habe. Oder wenn ich an Möhrchen denke, das war mein Pferd, bevor der Vater ....«, Krüger sprach den Satz nicht zu Ende.

»Ja?«, fragte Dr. Seele.

»Ich will nicht, dass die bösen Bilder kommen.«

»Krüger, versuchen Sie mal, ein böses Bild, das in Ihnen hochkommt, durch ein gutes zu ersetzen. Erinnern Sie sich an ein schönes Erlebnis. Etwas, woran Sie gerne denken. Einen glücklichen Moment. Und immer wenn ein böses Bild kommt, schieben Sie es in Gedanken weg und ersetzen es durch das schöne. Glauben Sie mir. Das funktioniert.«

Krüger versuchte es. Gerade hatte er noch daran gedacht, wie der Vater Möhrchen die Kehle durch schnitt. Jetzt konzentrierte er sich auf die Erinnerung daran, mit Möhrchen durch die Nacht zu reiten. Das war schwierig, weil beides mit Möhrchen zusammenhing. Die Bilder vermischten sich immer wieder. Sobald er an seinen berauschenden Ritt dachte, funkte der Vater mit dem Messer dazwischen. Aber die kurze Zeit mit Möhrchen war nun mal seine schönste Erinnerung. Krüger benutzte gedankenverloren seine Hand und wischte sich über die Stirn. Als könnte er auf diese Weise das böse Bild aus seinen Gedanken schieben. Dr. Seele beobachtete das aufmerksam. Krüger war nicht der erste Patient, der bei dieser Gedankenübung seine Hand zur Hilfe nahm.

»Klappt es?«

»Manchmal«, antwortete Krüger.

»Auf jeden Fall haben Sie jetzt eine Methode für den Notfall. Üben Sie das. Jedes Mal, wenn ein böses Bild kommt. Das ist viel besser, als sich von den schlechten Gedanken überwältigen zu lassen.«

Dr. Seele war nicht unzufrieden. Zwar hatte Krüger noch nicht wirklich über seine Kindheit und seine traumatischen Erlebnisse gesprochen. Aber er war nah dran. Krüger schien einzusehen, dass der Drache seine Kraft und Gefährlichkeit aus den Erinnerungen an die Grausamkeit seines Vater bezog. Die Wand würde noch fallen, da war sich Dr.Seele sicher. Er hoffte nur, dass Krüger in dem Moment, in dem das passierte, nicht allein, nicht in schlechter oder liebloser Gesellschaft sein würde. Und vor allem nicht in der Nähe von Alkohol.

AKROBATIK

Auf den Jahrmärkten baute sich Krüger Stück für Stück ein neues Leben auf. Es bestand aus Arbeit, regelmäßigen Einnahmen, Freunden und sogar aus Freude. Aus Nächten unter dem Zeltdach der Zirkusleute, Heimatbesuchen ohne seelische Krisen, Weihnachten bei Zirkusfreunden. Drei Jahre gingen so ins Land. Sein Schuldenstand schrumpfte. Wenn in seiner Umgebung Alkohol getrunken wurde, verspürte er den gleichen Brand wie am ersten Tag. Der ging auch mit der Zeit nicht weg und war stets eine große Versuchung, aber Krüger blieb stark. Solange die Wand stand und seine Seele sich gut anfühlte, geriet er nicht in Gefahr. Den Drachen im Magen hatte er vorerst im Griff.

Er hatte gelernt, die bösen Gedanken an früher zu unterdrücken oder wegzuschieben. Der schwarze Klumpen aus Teer in seiner Magengrube war noch da, aber er fühlte sich mit jedem glücklichen Tag kleiner an. Abends ging er oft in die Zirkusvorstellungen. Er lachte über die Clowns, er liebte die dressierten Pferde und er bewunderte die Artisten. Ganz besonders eine neue Akrobatin. Sie war hier in Berlin zum Ensemble dazugestoßen.

Offenbar hatte sie schon früher dazugehört, hatte den Zirkus dann wegen einer inzwischen gescheiterten Liebschaft hinter sich gelassen. Nun war sie wieder da. Lola konnte ihren Körper so verbiegen, als hätte sie weder Knochen noch Wirbelsäule. Krüger verliebte sich Hals über Kopf sie. Sie war bei Lichte betrachtet eine alternde Akrobatin. Aber ich bin ja auch nicht mehr der Jüngste, dachte Krüger und es fiel ihm nicht schwer, die Falten an ihren Wangen und rund um ihren vollen Mund aus seiner Wahrnehmung zu streichen. Lola hatte längst mitbekommen, wie gut Krüger zu den Pferden war. Und wie beliebt bei allen Kollegen. Toilettenmann hin oder her. Das war ihr erstmal nicht so wichtig. Aber verschiedener konnten die beiden kaum sein. Sie war Bulgarin und hatte mehr Liebhaber hinter sich als Krüger Lebensjahre. Lola war 45. Eine Schönheit nach wie vor. Schwarze Haare, 165 Zentimeter. Und während Krügers Körper nur aus Vierecken bestand, waren es bei ihr Kreise. Brüste und Hintern musste der liebe Gott selbst gemacht haben, dachte Krüger. Schenkel und Arme muskulös aber noch weiblich. Tiefschwarze Augen, Lippen wie mit einem breiten Pinselstrich gemalt, slawische Wangen. Ein wunderbarer Frauenkörper, fand Krüger. Erst auf den zweiten Blick hätte ein neutraler Beobachter gemerkt, dass sie gelebt hatte. Aber Krüger war nicht neutral. Er war verliebt. Und in Sachen Liebe obendrein ein Anfänger. Reeperbahn-Rosa war vergessen.

Zu der Zeit als Krüger als junger Mann noch Ausgehklamotten von Wäscheleinen stahl, war er als Aufreißer gut unterwegs und obendrein ein feuriger Tänzer. Diese Abende endeten damals jedoch meistens mit Schlägereien. Also eher im Straßengraben oder auf dem Polizei-Revier als in irgendeinem Bett oder einer zärtlichen Umarmung. Krüger bedauerte das bisweilen. Dann zuckte er mit den Schultern und seufzte vor sich hin: ein Mann musste seiner Leidenschaft folgen und die bestand bei Krüger nun mal eher im Faustkampf als im Liebesspiel. Krüger stand also eines Tages in kurzen Hosen und T-Shirt vor dem Pferdestall und fütterte die Tiere. Lola bewunderte seinen muskulösen Körper. Sie stellte sich hinter ihn und massierte ihm seinen starken Nacken. Nähe. Körperliche. Zärtlichkeit. Krüger wusste nicht wie ihm geschah, ihm wurde warm und kalt und das gleichzeitig. Krüger drehte sich etwas rückartig zu ihr um:

»Hallo«, sagte er. »Ich bin Krüger.«

»Ich weiß, ich bin Lola. Du hast ganz schöne Muskeln, Krüger. Sieht so aus, als bestündest du nur aus Vierecken.«

Sie sah ihn mit ihren dunklen Augen von unten an. Krüger schmolz dahin.

»Das haben schon einige zu mir gesagt. So hat mich der liebe Gott halt gebaut. Du bist sehr schön«, platze es aus ihm heraus.

»Danke. Krüger, du bist ja ein richtiger Charmeur.«

»Nee. Ich sag nur, wie es ist.«

»Und: trinkt Krüger mit Lola einen Café?«

Krüger hatte nur sein Bett neben den Pferden. Also ging man zu ihr. In ihren Anhänger. Alles hier war rot, die Wände, die Überdecke auf dem Bett, die Kissen. Und ihre Lippen und Fingernägel. Ein kleiner Tisch, zwei noch kleinere Stühle. Krüger war froh, dass er nicht größer war und so gerade eben an den Tisch passte. Lola kochte den Café italienisch. In einer silbernen Espressokanne. Dazu erwärmte sie etwas Milch.

»Latte macchiato nennen das die Italiener, Krüger. Das heißt befleckte Milch.«

Krüger fand das sehr stilvoll und weltmännisch. Sie stellte etwas Gebäck auf den Tisch und erzählte ihm ihr Leben in Kurzform. Sie hatte als Balletttänzerin an der staatlichen Oper begonnen. In Sofia war sie zuvor in einem Balletinternat zur Schule und nachmittags zum Training gegangen. Für die Oper reichte es irgendwann nicht mehr, mit 17 sei sie erst nach Italien, daher der fortschrittliche Latte macchiato, und dann nach Deutschland ausgewandert und auf Umwegen zum Zirkus gekommen. Krüger fand das mutig. So jung ganz allein in ein fremdes Land zu gehen. Er war froh, dass sie gerne redete. Das ersparte ihm Fragen, auf die er weniger schöne Antworten hätte geben müssen. Dann aber berichtete Lola, wie sich ein Zuschauer in sie verliebt habe und wie sie daraufhin den Zirkus verlassen habe, um mit ihm ein bürgerliches Leben jenseits der Akrobatik aufzubauen.

Krüger verspürte ein leichtes Ziehen in der Magengegend. In seiner kindlichen Fantasie war Lola noch Jungfrau, im Gegensatz zum Café noch unbefleckt und unberührt von fremden Männerhänden. Lola sprach von einer vielversprechenden Hochzeit, einem gescheiterten Kinderwunsch, vielen Streitigkeiten und einer traurigen Trennung. Doch Krüger hatte schon beschlossen, seine Ohren auf Durchzug zu stellen, wenn Lola von diesem Teil ihrer Vergangenheit erzählen sollte. Ihn interessierte nur das Jetzt und alles was kam, zurückzublicken erwies sich wieder mal als schmerzhafte Angelegenheit. Weiter kamen sie bei ihrem ersten Stelldichein nicht, die Pflicht rief.

Immer öfter schlich sich Krüger tagsüber von seinem Toilettenhäuschen weg zum Zirkuszelt und sah Lola bei ihren Proben zu. Abends ging er jetzt regelmäßig in die Vorstellungen. Und dann begann er, Blumen vor ihren Wagen zu legen. Erst ein paar selbstgepflückte, dann eine auf dem Jahrmarkt geschossene Rose, dann eine kleine echte, dann eine große rote. Lola fühlte sich geschmeichelt und da man froh war, die hervorragende Akrobatin wieder an Bord zu haben, und die Zirkusleute Krüger mochten, ließ man die beiden gewähren. Krüger besorgte in Berlin jeden Tag irgendeine kuchenartige Leckerei, die danach schrie, zu einem Latte macchiato serviert zu werden. Auch ein Geschäft, das italienischen Espresso führte, hatte er aufgetrieben und kaufte natürlich auch die dazugehörende Milch. Und so saß er bald an jedem Vormittag an Lolas kleinem Tisch auf einem kleinen Stuhl und bewunderte die kleine Frau mit den großen Busen. Eines Abends bat er einen der Zirkusarbeiter, ein Auge auf den Toilettenwagen zu haben und lud Lola auf einen Dombummel ein. Er fand das romantisch. Lola weniger. Sie war Besseres gewohnt. Aber das sagte sie ihm nicht. Er schoss ihr drei rote Plastikrosen. Beim Hau den Lukas führten drei Schläge zu drei weiteren Rosen. Lola bewunderte sein Geschick und seine Kraft.

146

Über die klassischen Männertugenden schien der Toilettenmann zu verfügen. Danach wollte sie im Bierzelt etwas trinken. Krüger hatte damit kein Problem. Sie bestellte Wein, er blieb bei Cola.

»Ich trinke keinen Alkohol«, erwiderte Krüger ihren fragenden Blick. Sie nahm das kommentarlos hin, wollte dann aber tanzen. Krügers Blick fiel sofort auf die Schnapsflaschen hinter dem Tresen. Korn, Ouzo, Wodka, Aquavit, Kräuterlikör, Obstbrand. Es war alles da. Drei schnelle Gläser und er würde leichtfüßig mit Lola über die Tanzfläche fegen wie Fred Astaire. Betrunken war Krüger früher ein richtiger Tanzbär. Nüchtern hatte er noch nie getanzt. Ohne Öl in den Knien schien ihm das unmöglich. Aber Krüger biss die Zähne zusammen und führte Lola aufs Parkett. Er tat sich schwer, hielt Lola fest an sich gedrückt, um so wenig Schritte wie möglich machen zu müssen. Er gab sein Bestes. Zu seinem Glück war die Tanzfläche so voll, dass große Drehungen ohnehin nicht in Frage kamen. Er war glücklich und ungelenk, verliebt und verlegen. Alles auf einmal. Und nicht traurig, dass das nächste Lied Lola nicht zusagte. Sie wollte nach Hause. Krüger brachte sie zu ihrem Wagen. Sie bat ihn mit hinein. Krüger war aufgeregt. Ein bisschen mehr Erfahrung wäre jetzt nicht schlecht, dachte er. In Lola Anhänger war es so eng, dass es schwierig war, sich nicht nahe zu kommen. Die Akrobatin sah Krüger tief in die Augen und knöpfte sich die Bluse auf. Krüger versuchte, nicht allzu große Augen zu machen. Aber das war nicht so einfach.

»Warum hast du das nicht gleich gesagt«, rutschte es ihm über die Lippen. »Die sind so schön.« Lola sah ihn mit fragendem Blick an. Dann drehte sie sich um, damit Krüger ihr den roten BH öffnen konnte. Krüger konzentrierte sich. Seine kräftigen Finger konnten Heringe aus dem Boden ziehen, die das Zirkuszelt befestigten. Aber Haken und Auge ihres BHs mit einem Versuch auseinanderzubringen und das Ganze wie einen Akt der Zärtlichkeit aussehen zu lassen, nicht wie eine handwerkliche

Tätigkeit, war eine Mammutaufgabe. Krüger stellte sich vor, er müsse zwei Mücken mit je zwei Fingern auf einmal fangen und habe dafür nur einen Versuch. Er zielte, griff jeweils mit Daumen und Zeigefinger zu und zog, etwas zu fest, an beiden Seiten. Das Ding war auf, aber der Verschluss flog durch die Luft. Krüger unterdrückte ein Lachen. Lola auch. Und schon hatte sie sich wie bei einer Drehung auf der Tanzfläche wieder Krüger zugewandt und sich dabei von ihrem Büstenhalter befreit. Krüger kam sich vor wie ein Kind vor einem riesigen Regal Schokolade. Er wusste nicht, wo er zuerst zugreifen sollte. Krüger nahm sich eine der Brüste vor. Erst mit einer Hand, dann mit beiden, dann sah er Lola ins Gesicht und musste vor Freude breit grinsen. Er hob Lola hoch, die rechte Hand unterm Rücken, die linke unter den Beinen, trug sie drei Schritte und warf sie auf ihr kleines Bett. Lola war komplett überrumpelt. Krügers Manöver war für sie so ungewohnt und überraschend, dass sie plötzlich einen Lachanfall bekam.

»Krüger, du kleines Monster!«, Sie hielt sich die Hand vor den Mund, um das Lachen zu kontrollieren, aber es kam von ganz unten, tief aus dem Bauch. Und es war ansteckend. Krüger musste ebenfalls lachen, sein Kopf lief rot an, ihm liefen die Tränen, vor Lachen. Das Knistern war weg, aber die Stimmung besser denn je. Krüger setzte sich zu Lola auf das Bett und lachte befreit weiter. Lola schmiegte sich an seine Seite, ebenfalls immer noch lachend. Er sah auf ihre nackten Brüste. Dann wieder die Lust. Er musste sie küssen, und so versank sein Kopf in ihrem bilderbuchartigen Oberkörper. Lola zügelte ihr Lachen, wenn auch mit Mühe, sie fühlte sich auf ungewöhnliche Weise begehrt und streichelte seinen Kopf. Lola ahnte natürlich, dass sie die ganze Sache lenken musste, damit sie einem Liebesakt gleichkommen konnte. Sie forderte Krüger auf, sich zu entkleiden und gewann so wertvolle Sekunden, um zumindest Rock und Höschen zu retten. Der BH war ja offenbar kaputt. Dann entwickelte sich ein Spiel zwischen Ungestüm und Erfahrung. Lola fühlte, was zu tun ist. Sie nahm ihm die Scheu und bremste seine Eile. Krüger befand sich inzwischen mitten im Schokoladenregal und wusste gar nicht, wo er zuerst zubeißen sollte. Seinem unbedarften Eifer entfloh sie immer wieder mit akrobatischen Wendungen, ohne dabei sein oder ihr Verlangen zu töten.

Krüger konzentrierte sich auf Lolas Brüste. Sie schienen die einzigen Körperteile zu sein, die bei all der Akrobatik an der gleichen Stelle blieben. So machte man das im Kettenkarussell: man fixierte mit den Augen einen Punkt, damit einem nicht schwindelig wurde. Krüger berührte und liebkoste, was er zu fassen bekam. Irgendwie gelang es ihm, sich ganz zu entkleiden. Er war erregt.

»Ist ja doch nicht alles viereckig an dir«, sagte Lola. »Das ist gut.«

Krüger war verlegen, aber die Lust war stärker. Er pirschte sich wieder ran an Lola. Bis er am Ziel war: zwischen ihren muskulösen kleinen Schenkeln. Für Lola galt es, das Unvermeidliche zumindest in die Länge zu ziehen. Sie mochte seine Kraft und verzieh ihm seine Geschwindigkeit. Auch das würde sie ihm schon noch beibringen, dachte Lola. Krüger war irgendwas zwischen peinlich gerührt und glücklich.

»Ich hab dich sehr lieb«, sagte er. Dann schlief er ein. Das ging so einen ganzen Juni, einen Juli und einen August. Krüger war bis über beide Ohren verliebt. Mit einem Lächeln stand er morgens auf und ging mit einem noch breiteren Grinsen ins Bett. Er liebte Lola. Und er liebte ihre Brüste. Solange es bei dieser Reihenfolge blieb, war das Ganze eine ziemlich ernste Sache, fand Krüger. Er beschützte sie, hörte ihr zu, schenkte ihr Blumen und trug sie auf Händen. Sogar das Liebesspiel lernte er auszudehnen, obwohl Lola ihn ganz verrückt machte mit ihrer Akrobatik. Krüger verstand zum ersten Mal, was damit gemeint war, wenn man einer Frau nachsagte, sie könne beim Liebesspiel vom Schrank springen. Er fühlte, dass er ein weicherer Mensch wurde, einer mit zärtlichen Gefühlen für eine Frau. Gleichzeitig befiel ihn ab und an die Angst, die Kontrolle über sich zu verlieren. Aber das wischte er weg. Sein Herz schien ja in guten Händen. Alles, was er machte, tat er bereitwillig. Aus Liebe. Mühelos. Selig. Glücklich. Krüger war einen Sommer lang der liebe Kerl, der er immer hatte sein wollen. Es war die beste Zeit seines bisherigen Lebens. Der Toilettenmann reiste mit seinem Toilettenhäuschen mit den Schaustellern und den Zirkusleuten durch die Republik. Von Jahrmarkt zu Jahrmarkt. Sie fuhren entlang der großen Flüsse, Krüger sah die Alpen und die großen Städte. Aber eigentlich sah er immer nur Lola. Ihre muskulösen Beine, ihre üppigen Brüste, ihre langen schwarzen Haare, die dunkelbraunen Augen, die feingliedrigen Hände, ihre warmen Lippen und die kleinen Füße. Wenn Krüger sie fest in den Armen hielt, war die ganze Welt in Ordnung.

Anfangs redete Lola nur selten über die Zukunft. Für Krüger war das kein Thema. Seine Zukunft war an ihrer Seite. Doch der Gedanke, dass Akrobatinnen schneller verblühen als andere Blumen, fuhr in Lolas Kopf immer mit, denn Akrobatinnen kriegen keine Rente. Konnte der Toilettenmann ihr einen guten Lebensabend sichern? Krüger sah darin kein Problem. Wenn er weiterhin seine Schulden abbezahlte, hatte er noch das Elternhaus. Die Geschwister hatten kein Interesse daran. Lola aber wollte nicht aufs Dorf. Das war der erste Keil zwischen ihnen. Krüger wischte das beiseite. »Dann verkauf ich's und wir gehen, wohin du willst.«

Hinter vorgehaltener Hand machten die Kollegen bisweilen so ihre Scherze über den Toilettenmann und die Tänzerin. Aber unter Schaustellern und Zirkusleuten hatte es schon mehr skurrile Beziehungen gegeben als sonst irgendwo, und so ließ man die beiden in Ruhe mit ihrer Liebe.

Lola aber spürte, wie ihr die Zeit wegrannte. Ihre Sanduhr war gestellt. Sie wollte etwas Besseres und sie musste ihre Haut zu Markte tragen, solange diese noch frisch war. Am Anfang wollte Krüger nicht sehen, wie sie anderen Zirkusbesuchern schöne Augen machte. Sie wurde launisch. Bedankte sich nicht mehr für seine immergleichen Geschenke. Dann, zurück in Berlin, betrat Rolf Moser das Spielfeld. Spediteur. Zirkusfan. Typ eitler Fatzke, teure Anzüge, goldene Uhr, gezwirbelter Schnurbart und Glatze. Er kam jeden Abend. Immer teuerste Plätze. Am zweiten Abend sah man ihn schon hinter den Vorhängen, dort, wo sich die Akrobatinnen schminkten. Krüger entging das natürlich nicht. Es begann in ihm zu brodeln. Am nächsten Abend war sie nach der Vorstellung nicht zu finden. Weg. Mit Rolf Moser? Krüger lief rastlos umher, fragte jeden, wo seine Lola sei. Die es nicht wussten, schüttelten den Kopf, die es ahnten, zuckten mit den Schultern und die es wussten, hatten erst recht keine Ahnung. Krüger war außer sich. Der Boden begann unter seinen Füßen zu wanken. Wie ein Wilder schrubbte er die längst gesäuberten Toiletten, ein zweites, dann ein drittes Mal.

»Bin ich dir nicht gut genug?«, rief er immer wieder. Krüger im Selbstgespräch: »Ein Toilettenmann, nicht gut genug? Krüger ist trocken, Krüger ist sauber, macht keine Schulden mehr und tut niemandem was, hat keinem mehr die Nase gebrochen, ist kein Halunke mehr, hat ein Pferd eingerenkt und Lola Blumen geschenkt.« Seine Monologe wurden immer länger. Er spürte den Teer in seinem Magen und ein Fauchen. Ja, da war auch wieder das Fauchen. Der Drache meldete sich zurück. Zum ersten Mal seit Jahren. Krüger schlief in dieser Nacht keine Minute. Drehte sich. Ächzte. Ob Rolf Moser schon ihre Brüste gesehen hatte? Dann hätte er sich festgebissen. Krüger konnte den Gedanken kaum aushalten. Jetzt eine Flasche Schnaps! Dieser Gedanke kam immer wieder. Alte böse Bilder überfielen ihn.

Davon gab es offenbar noch genug. Fünfmal stand er auf und lief zu Lolas Wagen. Sie war nicht da. Mit jedem vergeblichen Anlauf vor Lolas Tür wuchs sein Bedürfnis nach Alkohol. Sein Blutdruck machte ihm zu schaffen. Halluzinationen: dieselben wie in der Entzugsklinik. Er lag im Bett, in einer Halle. Er und das Bett wurden immer kleiner und der Raum immer und immer größer. Klein und machtlos lag er da. Er versuchte, dieses Bild zu vertreiben, aber es kam wieder, sobald er die Augen schloss. Ein Miniaturkrüger, kaum größer als eine Spielzeugfigur, in einer Halle, die größer war als jedes Stadion. Völlig gerädert, tauchte er früh morgens erneut bei Lola auf. Sie öffnete kurz die Tür, ließ ihn aber nicht herein. Sie sei übernächtigt.

»Wir haben bis in den Morgen getanzt, Krüger. Lass mich schlafen. Wir sprechen später.«

Krüger ging es nun auch körperlich schlecht. Er konnte nicht essen. Ihm war übel. Er schwitzte. Obendrein war er dünnhäutig. Im Toilettenhäuschen durfte ihm heute niemand dumm kommen, er konnte für nichts garantieren. Dreimal klopfte er wieder an Lolas Tür. Sie öffnete nicht. Sie schlief. Bis zum Abend. In der Abendvorstellung saß Rolf Moser wieder in der ersten Reihe. Krüger musste ihn zur Rede stellen. Ihm am besten gleich auf die Nase hauen. Lola war seine Süße, sein Leben, seine Liebe. Seine Zukunft. Sein Fundament. Ungeduldig wartete er auf das Ende der Vorstellung. Wenn er die beiden zusammen antreffen sollte, würde es schwierig werden, Rolf Moser auf die Nase über seinem gezwirbelten Schnurbart zu hauen.

Aber so sehr Krüger sich auch beeilt hatte, Rolf Moser war vor ihm in der Umkleidekabine. Der Spediteur klebte an Lola wie eine zweite Haut. Man wolle etwas trinken gehen, sagten sie zu Krüger. Denn es gebe etwas Wichtiges zu besprechen. Geschäftlich. Lola hatte das mit dem auf die Nase hauen offenbar geahnt. Sie war vielleicht nicht die Klügste, aber ihre Instinkte funktionierten. Im Festzelt bestellte der Spediteur eine Flasche Sekt. Krüger blieb bei seiner Cola. Aufreizend provokativ nahm Rolf Moser Schluck um Schluck. Dann kamen sie zur Sache.

»Herr Moser will dir ein Angebot machen«, leitete Lola ein. »Er hat eine große Firma am Ende des Kudamms.«

Krüger war gespannt, was als nächstes kam. Man wollte ihn loswerden, das ahnte Krüger. Aber zunächst kam es anders.

»Herr Krüger«, begann Moser und strich sich über seinen Schnurbart. »Herr Krüger« war Krüger schon ewig nicht genannt worden, aber das gehörte zum Getue des Spediteurs.

»Ich baue gerade meine Lagerräume um. Und ich hörte, der Herr Krüger sei vielseitig begabt und könne fast alles.« Krüger war verdutzt. Damit hatte er nicht gerechnet. Ein Auftrag? Von seinem Nebenbuhler?

»Ich brauche fünf Garagen für meine Lastwagen, dazu ein Bürogebäude mit Duschen und Toiletten. Ich biete Ihnen 100 000 Mark.«

Krüger wusste nicht, was er sagen sollte. Natürlich konnte er alles bauen. Er konnte mauern, schreinern, ein Dach decken und alles, was ein Klempner können muss. Aber warum fragte der Spediteur ausgerechnet ihn? Wollten sie ihn mit Arbeit zuschütten, damit sie genug Zeit für ihre Stelldicheins hätten? Mit dem Geld wäre er alle verbliebenen Schulden für immer los. Und das war natürlich ein Argument, das Angebot anzunehmen. Toilettenmann wäre er dann auch nicht mehr, sondern mindestens Bauarbeiter, Maurer und Zimmermann. Schon hatte Rolf Moser eine Zeichnung seines Lagers auf den Tisch gelegt und die Zahl 100 000 daneben geschrieben.

»Überlegen Sie nicht lange, Herr Krüger. Die Materialien habe ich schon besorgt, Sie könnten morgen loslegen.«

Krüger war so überrumpelt, dass er vergaß, weshalb er eigentlich gekommen war: er wollte um seine Lola kämpfen. Aber vielleicht brauchte er für diesen Kampf einen längeren Atem. Vielleicht war es an der Zeit, ihr mal zu zeigen, zu was er imstande war. Erst als er das Festzelt verließ, fiel ihm wieder ein, dass er ja eigentlich mit Lola hatte nach Hause gehen wollen. Er blickte zurück. Rolf Moser hatte sich schon wieder an sie rangewanzt. Krüger hatte jetzt schon zwei Tage lang keinen Kuss von ihr bekommen. Und schon überfiel ihn wieder dieses Gefühl. Wie Hunger und Durst auf einmal. Er setzte sich vor Lolas Wagen und wartete. Er musste mit ihr sprechen, bevor er eine Entscheidung fällen konnte. Er musste klar denken. Auf keinen Fall wütend werden. Aber er war wütend. Auf den Spediteur, nicht auf Lola. In Bezug auf Frauen kannte er nur weiche Gefühle. Zwei Stunden wartete Krüger. Dann stand sie plötzlich vor ihm. Allein. Seine Lola. Die Hände in die Seiten gestemmt.

»Ach Krüger«, sagte sie. »Was mach ich nur mit dir.«

»Hast du mich denn gar nicht mehr lieb?«, platze es aus ihm heraus. Krüger war selbst erstaunt über seine Frage, die auf den Punkt traf, was in ihm vorging. Verunsicherung. Ungewissheit. Verlustangst. Verwundbarkeit. Keines dieser Worte hätte er in sich gefunden, obwohl alles da war. Aber keines dieser Worte kam seinem Gefühl so nahe wie »liebhaben oder eben nicht liebgehabt werden«.

»Aber natürlich hab ich dich lieb, Krüger«, erwidere die Akrobatin. »Lola muss aber auch bisschen an ihre Zukunft denken. Ich brauch einen Mann, der mich ernähren kann. Für immer. Kannst du das, Krüger?«

Darum ging es also. Ums Geld. Krüger verstand das und verstand es gleichzeitig nicht. Wie konnte man Geld und Liebe vermengen? Was hatte das eine mit dem anderen zu tun? Herz und Kopf waren doch zwei weit genug voneinander entfernt liegende Körperteile, die nichts miteinander zu tun hatten. Wie konnte man die vermischen? Wenn sie so dachte und fühlte: musste er das dann auch? Aber wie macht man das? Sollte er einfach mit dem Kopf entscheiden, das Angebot anzunehmen? 100 000 Mark verdienen? Wenn er Lola so zurückeroberte, geschah das dann mit dem Kopf oder mit dem Herzen? Er war verwirrt. Hatte sie überhaupt wirklich auf seine Frage geantwortet? Nach einer weiteren unruhigen Nacht beschloss Krüger, auf das Angebot einzugehen. Der Jahrmarkt lief nur noch wenige Tage.

Krüger stand früh auf, fuhr zu Mosers Spedition und legte los. Schaufelradbagger. Arbeiten konnte er wie kein zweiter, und die Motivation, damit Lola halten oder zurückgewinnen zu können, tat ihr übriges. Egal ob das jetzt mit dem Kopf geschah oder mit dem Herzen. Er liebte Lola. Und er musste um sie kämpfen. Nachmittags war er dann Toilettenmann. In Gedanken schmiedete er Zukunftspläne mit der Akrobatin. Und abends schrieb er Listen, was er auf der Baustelle brauchte. Die gab er dann Rolf Moser. Der tauchte nur noch jeden zweiten Tag im Zirkus auf.

Lola hielt Krüger auf merkwürdige Distanz. Sie küsste und umarmte ihn, aber nicht so wie früher. Keine Küsse auf den Mund und bei der Umarmung war immer Luft zwischen ihrem und seinem Körper. Lola war auf Abstand, das fühlte Krüger. Aber er kämpfte weiter. Beim Einschlafen kamen wieder die Halluzinationen. Aber es gelang ihm, sie wegzuschieben. Er hatte ja das Lagerprojekt. Das lenkte ihn ab. Er versuchte an Schrauben und Rohre und Bretter zu denken statt an Rolf Moser und Lola. Die Garagen und Bürogebäude wuchsen mit jedem Tag. Krüger war ein Arbeitstier. Der Spediteur sorgte dafür, dass Krüger alles an Materialien bekam, was er brauchte. Zwischendurch überfiel Krüger immer wieder der Verdacht, dass die Baumaßnahme nur ein Ablenkungsmanöver war. Ablenkung von seiner aufgekeimten Eifersucht und von Mosers Nebenbuhlerei. Krüger wusste es nicht. Die Angst, verlassen zu werden, brodelte unterbewusst in ihm. Aber er konnte das nicht in Worte fassen. Noch stand sie, die Wand zu seinem tiefsten Inneren, in dem all diese Gefühle tobten. Noch war der Drache nicht stark genug, ihn zu gefährden, aber er war aufgewacht.

Die Zirkusleute und Schausteller begannen, ihre Fahrgeschäfte und Zelte abzubauen. Der Jahrmarkt leerte sich, der Tag der Abreise rückte näher. Das Toilettenhäuschen wurde nicht mehr gebraucht, Krüger arbeitete von morgens bis abends auf seiner Baustelle. Die Garagen standen, das Bürogebäude bekam Dach, Fenster und Sanitäranlagen. Er wollte bis zur Abreise der Jahrmarktleute fertig sein. Er würde Rolf Moser nur loswerden, wenn er Lola mit dem verdienten Geld zur Weiterreise bewegen konnte. Zu einer Zukunft an seiner Seite.

Dann kam der Tag der Abreise. Krüger hatte die Nächte durchgeschuftet. Es war Zahltag. Krüger wartete auf der Baustelle auf den Spediteur. Rolf Moser erschien in Begleitung von drei Männern, die allesamt nach Schlägerei rochen. Ärmellose Muskelshirts. Kahle Köpfe. Einer war im Gesicht tätowiert. Cowboystiefel. Krüger wusste nicht, was das bedeuten sollte. Vielleicht, dachte er, beschützen die das viele Geld. Rolf Moser schüttelte ihm die Hand.

»Gute Arbeit«, sagte er. Dann griff er in die Innenseite seines Sakkos, zog ein Bündel Scheine heraus und gab sie Krüger. Der zählte nach. Es waren 10 000 Mark. Die drei Begleiter standen mittlerweile im Kreis um Krüger und den Spediteur herum.

»Und wo ist der Rest?«, fragte Krüger.

»Das ist alles, was Sie kriegen, Herr Krüger. Es gibt keinen Vertrag. Das mit den 100 000 war doch nie ernst gemeint. Das müssen Sie doch gewusst haben, Herr Krüger. Schwarzgeld ist gutes Geld und für 10 000 Mark müssten sie Toiletten putzen bis zum Ende Ihrer Tage. Also nehmen Sie's und seien Sie zufrieden.«

Krüger stand geduckt und ratlos da, umringt von den drei Männern. In der Hand das Bündel Scheine. Es begann in ihm zu brodeln. Wenn er eine Sache nicht ertragen konnte, dann Ungerechtigkeit. Das Brodeln wurde zur Explosion. Nach zehn Sekunden hatten zwei der drei Schläger schon blutende Nasen. Wie vom Blitz getroffen. Mit Krügers Schnelligkeit hatten sie nicht gerechnet. Der Stärkste mit dem Tattoo im Gesicht bekam erst mal ein paar kräftige Leberhaken, dann eine kurze Stafette abwechselnder Tiefschläge, noch ein kurzer Haken auf die Stirn und dann mit aller Wucht einen Hieb unters Kinn: erledigt. Der war K.O. Die zwei anderen machten noch einen zweiten Versuch und gingen erneut auf Krüger los. Da ihre Nasen schon bluteten, musste Krüger nur kurz nachlegen und da weitermachen, wo es ohnehin schon weh tat. Plus jeweils ein blaues Auge. Dann malträtierte er sie noch abwechselnd mit linken und rechten Haken. Auch erledigt. Und Rolf Moser? Der stand nur daneben und versuchte, sich auf leisen Sohlen Meter um Meter vom Ort des Geschehens zu entfernen. Sichtlich erleichtert, dass Krüger ihn bisher verschont hatte. Doch Krüger war gar nicht erst auf die Idee gekommen, auch Moser zu verdreschen. Mit solchem Kleinvieh gab er sich bei Raufereien nicht ab. Stattdessen rannte Krüger los. Er rannte und rannte und Rolf Moser dachte, der flieht, der Krüger, der hat vielleicht Angst, dass ich noch mehr Männer hole. Und Krüger rannte. Er hatte wieder einmal eine seiner speziellen Ideen. Zwei Straßen weiter war eine große Baustelle. Unter Arbeitern lassen sich manche Dinge schnell regeln. Krüger lieh sich ihren Bagger. Er wusste, wie man den fährt und bedient. Dann düste er zurück zur Spedition. Fuhr durch die Einfahrt, so schnell, wie der Bagger das hergab. Vor ihm Rolf Moser und die drei Versehrten. Als Krüger noch mal ausstieg und Anstalten machte, noch mal auf sie loszugehen, wichen die Männer zurück. Sie hatten genug. Krüger winkte ihnen lächelnd zu. Dann fuhr er mit dem Bagger zu den neuen Gebäuden. Die hatte er in wenigen Tagen hochgezogen. Sie zu zerstören dauerte keine 30 Minuten.

Immer wieder donnerte der Bagger gegen die Garagen, deckte erst die Dächer ab, dann ließ er die sorgfältig gemauerten Wände einstürzen. Es machte ihm nichts aus, sein eigenes Werk zu vernichten. Im Gegenteil. Was er da tat, diente der Gerechtigkeit. Keiner der drei Männer machte Anstalten, Krüger zu bremsen. Er schien unberechenbar und die Veilchen und gebrochenen Nasen reichten ihnen offenbar. Rolf Moser schlug die ganze Zeit die Hände über dem Kopf zusammen. Er hatte Krüger unterschätzt. Hatte gedacht, der Toilettenmann würde die Sache schon schlucken. Nun war das Bürogebäude dran, Dach, Wände, Sanitäranlagen: alles war im Nu zerstört. Dann wendete Krüger den Bagger und fuhr auf Rolf Moser zu. Er ließ die Schaufel runter und rief: »Einsteigen, Moser.« Der Spediteur wollte fliehen. Seine Schläger sprangen ihm nicht zur Hilfe.

»Wenn du abhaust, mach ich dir auch noch dein Zuhause mit dem Bagger platt«, rief Krüger. »Ich weiß, wo du wohnst.« Rolf Moser wirkte sichtlich eingeschüchtert. Er stieg in die Baggerschaufel. Krüger fuhr die Schaufel auf maximale Höhe und setzte den Bagger in Bewegung. Moser legte sich vorsichtshalber hin, um nicht herauszufallen. Krüger fuhr an der Straßenbaustelle vorbei, gab den Arbeitern dort einen Hunderter und fragte, ob er den Bagger noch eine weitere Stunde ausleihen könne. Dann fuhr er zum Jahrmarkt. Dort waren alle damit beschäftigt, die Lastwagen für die Abfahrt vorzubereiten. Krüger sah Lola sofort. Und sie ihn. Er fuhr den Bagger zu ihr, hielt kurz vor ihr an, rief: »Hier, dein Spediteur.« Dann senkte er die Baggerschaufel bis auf einen Meter über dem Erdboden und drehte sie. Halb sprang, halb fiel Rolf Moser Lola zu Füßen. Lola schrie auf:

»Was soll das, Krüger?«

»Kann er dir selber erklären«, erwiderte Krüger. Sprach's und war schon verschwunden. Er musste ja noch den Bagger zurückbringen. Eine Stunde später war er zurück. Allgemeine

Aufbruchstimmung. Lola saß heulend vor den Zirkuswagen. Mit Rolf Moser. Dessen Kleidung war völlig verdreckt von der Fahrt in der Baggerschaufel. Er hielt ihre Hand. Krüger war zwiegespalten. Einerseits hatte sein Stolz obsiegt. Er hatte dem Spediteur gezeigt, was geschieht, wenn man Krüger betrügt. Andererseits hatte er Lola verloren. Zunächst an den Spediteur, dann an ihre eigene Verzweiflung. Lola schien nicht zu wissen, ob sie bleiben oder weiterziehen sollte. In Krüger waren zu viele Gefühle unterwegs, um klar durchzublicken. Er beschloss, erst einmal mit seinem Toilettenwagen mit dem ganzen Tross weiterzufahren, zur nächsten Station. Es ging Richtung Heimat. Nach Ostfriesland.

DIE BANK VORM LANDESKRANKENHAUS

Durch das Beifahrerfenster auf der Fahrt seine norddeutsche Heimat zu sehen, beruhigte Krügers aufgewühltes Gemüt. Heimat gibt Sicherheit, dachte Krüger. Egal, was hier alles passiert ist. Vielleicht gehöre ich hierher, dachte Krüger. Er versuchte, die mit Dr.Seele eintrainierte Übung, böse Bilder durch gute zu ersetzen. Mal klappte das, manchmal auch nicht. Ankunft am Dorfplatz. Die Schausteller begannen mit dem Aufbau. Krüger half wie immer kräftig mit. Völlig erledigt fiel er abends in sein Bett. Er hatte inzwischen seinen eigenen Wagen, wie eine kleine Wohnung. Aber er konnte nicht schlafen. Jetzt kamen sie doch wieder aus der Kiste. Die bösen Geister. Krügers erste Wut auf Moser war verraucht. Die Schlägerei und die Zerstöraktion mit dem Bagger hatten ihm gutgetan. Aber da war ja auch noch Lola. Sein Herz. Der Verlust. Die ungewisse Zukunft. Die Lieblosigkeit. Krüger konnte partout nicht schlafen.

Die Halluzinationen waren zurück. Zum ersten Mal, seit er das Landeskrankenhaus verlassen hatte. Wieder wurde er in seinem Bett kleiner und kleiner und der Raum, in dem er lag, wuchs und wuchs ins Unendliche. Rauschen auf den Ohren. Die Bilder wurden realer als die Wirklichkeit. Krüger gelang es nicht, die Halluzinationen zu unterbrechen. Er versuchte, an seinen Ritt durch die Nacht auf Möhrchens Rücken zu denken. Aber die Halluzinationen waren stärker. Das verunsicherte ihn. Seine Beine schlotterten. Er war dabei, sein inneres Gleichgewicht zu verlieren. Er musste mit jemandem reden. Aber mit wem? Lola war nicht mitgefahren. Sie war bei Rolf Moser geblieben. Krüger ging nach draußen. Ihm fielen die Pferde ein. Deren Stall war schon aufgebaut. Krüger ging zu der Stute, die er eingerenkt hatte. Er musste etwas Weiches, Geliebtes anfassen, um aus seinen Halluzinationen zurückzukehren in die wirkliche Welt. Tiere beruhigen, hieß es. Sonst kam als nächstes der Drache und fauchte und entzündete den schwarzen Teer in seinem Magen. Die eingerenkte Stute ließ sich bereitwillig kraulen, streicheln und liebkosen. Tatsächlich beruhigte das weiße Pferd Krügers Gemütslage. Aber nur am Anfang. Dann passierte etwas für ihn völlig Unerwartetes. Die Erinnerung an Möhrchen kam in ihm hoch. Ausgelöst durch das weiße Pferd. Aber nicht die schöne, sondern die schlechte Erinnerung. Die Bilder, wie sein Vater Möhrchen die Kehle durch schnitt. Auch das gehörte offenbar zur Heimat: all das Böse, das er erlebt hatte. Und da war sie wieder: die unermessliche Wut. Auf den Vater. Auf das Leben. Sein Leben. Die Ungerechtigkeit. Die Lieblosigkeit. Seine gepeinigte Mutter. Der Drache fauchte. Es wurde gefährlich. Seine Beine zitterten. Er sank zu Boden. Schweißausbrüche. Herzrasen. Panikattacken. Als würde der Erdboden vor ihm aufgehen und Krüger in einem unendlichen Fall in die Tiefe verschwinden.

Er erinnerte sich, dass Dr.Seele von seinem guten Kern gesprochen hatte. Krüger hatte das Gefühl, dass nun auch dieser gute Kern in Gefahr war. Der Drache spie sein Feuer wie noch nie. Dr.Seele hatte es vorausgesagt: der gute Kern drohte zu verbrennen. Das durfte nicht passieren. Sein guter Kern war das letzte, was Krüger am Leben hielt. Er konnte nicht aufstehen. Wie gelähmt saß er da. Krüger hatte seit fünf Jahren keinen Schluck Alkohol getrunken. Aber wie sollte er diese schlechten Gedanken und Gefühle aushalten? Beruhigungspillen hatte er nicht. Man hatte ihn im Landeskrankenhaus ohne Medizin trockengelegt.

Was also tun? Ihm fiel ein, dass er die 10 000 Mark in der Tasche hatte. Er blickte gen Himmel und flehte seinen lieben Gott an, er möge ihm eine Idee geben in dieser schwarzen, ja vielleicht schwärzesten Stunde. Dann mobilisierte er alle Kräfte gegen die innere Lähmung. Bleischwer stand er auf und versuchte, das Heft des Handelns wieder in die Hand zu nehmen.

Er lief los. Zum nächsten Dorfkrug. Der war nicht weit weg. Ein paar Kilometer. Krüger rannte und rannte. Getrieben von den übermächtigen Gefühlen, die ihn übermannten. Krüger kannte in seiner alten Heimat den kürzesten Weg zu jeder Kneipe im Schlaf. Ankunft. Er betrat das Wirtshaus. Er war kaum eingetreten, da meldete sich der Drache. Hier war er zu Hause, der Drache, dachte Krüger. Der erinnert sich, dachte Krüger, aber das Fauchen war anders. Es war leise, aber beständig. Leicht flehend und listig. Wie eine Gänsehaut von innen. Der Drache schmiegte sich an ihn. Eine neue Strategie. Er hatte Lunte gerochen und wollte Krüger nicht durch zu lautes Fauchen verschrecken. Alle starrten Krüger an. Natürlich wussten sie, wer Krüger war. Alle kannten seine Geschichte. Die Wirtshausschlägereien. Überall hatte er früher getobt und Inneneinrichtungen zerlegt. Alle wussten, dass er begonnen hatte, seine Schulden abzubezahlen. Dass er nicht mehr trank. Und Krüger wusste, dass alle das wussten. Aber das war ihm jetzt egal. Er war sich selbst egal. Er spürte, wie er schwach wurde. Es fühlte sich an, als sei der Dorfsee im Winter zum ersten Mal zugefroren, und er, der erste Mensch, stünde am Rand, übermütig und ungeduldig und wagte sich drauf und alle anderen guckten zu und beobachteten, ob er einbrechen werde oder nicht.

Die Verunsicherung aller Anwesenden war spürbar. Krüger ging zum Tresen. Der Wirt schaute ihn fragend an. Die Gäste waren verunsichert. Mit Krüger legte man sich besser nicht an. Es war mucksmäuschenstill. Eine Frau stand auf und ging auf ihn zu. Krüger kannte sie von früher. Sie war die Tochter der Nachbarn. Einer Bauernfamilie. Die dürften damals alles mitgekriegt haben, dachte Krüger. Alles, was bei Krüger zu Hause lief. Sie hieß Wilma. Sie war fünf Jahre älter als er. Krüger hatte sie früher beim Schwimmen beobachtet, aber an sie war damals wegen des Altersunterschieds nicht ranzukommen. Sie hatte immer noch ihre langen blonden Haare. Auch ihre Gesichtszüge waren noch die gleichen.

»Krüger, du wirst doch jetzt nicht rückfällig oder?« Sie sprach laut. Alle konnten sie hören. Krüger war verdutzt. Warum tat sie das? Sollte sich auf dieser Welt doch irgendjemand für ihn interessieren? War er doch nicht allein? Hatte die Welt in irgendeiner Form mitbekommen, dass er sich durchgekämpft hatte bis hierher? Glaubten im Dorf doch nicht alle, dass er ein schlechter Mensch war? Er, der Halunke? Anteilnahme? Das kannte er nicht. Hilfe, die hatte er im Landeskrankenhaus erfahren. Aber von Profis, die das beruflich machten, also für Geld: Dr.Körper und Dr.Seele.

Er fühlte plötzlich etwas Neues: er war traurig. Das war neu. Nicht mehr nur wütend. Nein: traurig. Ein riesengroßer Kloß wohnte da, noch unter dem Teer in seiner Magengrube. Hinter der Wand. Oder bestand der Teer in Wirklichkeit aus Traurigkeit? Aus ungeweinten, angesammelten zusammengeklumpten Tränen? Aber wo war ein Dr.Trost? Gab es den? Hinterm Tresen? Vielleicht. Schnaps hatte ihn noch immer beruhigt. Hatte dafür gesorgt, dass diese Gefühle gar nicht erst aufkamen. Also am besten eine ganze Flasche. Er wollte nicht traurig sein. Das war nicht auszuhalten. Ohne Trost nicht. Alles rein in die Magengrube. Um den glühenden Teer zu löschen. Dann würde der Drache endlich Ruhe geben. Das mit Lola war einfach zu viel. Er hatte alles verloren, was ihm wichtig war. Er brauchte offenbar nur eine Kneipe zu betreten und schon wachte das Ungeheuer auf.

Wilma griff seine Hand. Ihre war warm. Was wollte sie von ihm? Sie kannte ihn doch gar nicht. Es fühlte sich gut an. Anders als zuletzt bei Lola. Warum hatte die ihn nicht getröstet? Weil er sich ihr gar nicht anvertraut hatte? Warum hatte er Lola nicht von seinem Alkoholproblem erzählt? Aus Scham? Weil er ihr gegenüber keine Schwäche zeigen wollte? Aus Angst um seine Männlichkeit? Wäre sie dann nicht erst recht gegangen? Sie mochte nur den starken Krüger, den, der immer alles im Griff hatte. War das dann gar keine Liebe gewesen? Oder hatte nur er sie geliebt und nicht sie auch ihn. Muss man nicht den ganzen Menschen lieben, wenn man liebt? Mit seinen Stärken und Schwächen? Wilmas warme Hand. Was war das hier? Solidarität? Unter Menschen? Unter den Schaustellern und im Zirkus hatte er das erlebt, aber zum Zirkus gehörte eben auch Lola. So viele Gedanken und so viele Gefühle.

Wie, fragte er sich, sollte er all das aushalten, ohne verrückt zu werden? Ohne wieder zu trinken. Wie sollte er all das innerlich sortieren, ohne den Boden unter den Füßen zu verlieren? Die Wand in ihm wackelte. Dahinter wohnten die wahren Gefühle. Die hatte er die ganze Zeit unterdrückt. Nicht einmal Dr. Seele war jemals hinter die Wand gekommen. Wilma starrte ihn an. Man konnte sehen, dass er innerlich schwankte, dass er grübelte, nachdachte, überfordert war. Schweiß auf der Stirn, schlotternde Knie. Verunsicherter Blick. Zittern am ganzen Körper. Auch der Wirt starrte ihn an. Ob er ihm eine Flasche geben würde? Natürlich, das hatten bisher alle Wirte getan. Man brauchte nur Geld. Geld hatte er. Genug um sich totzusaufen. Alle starrten ihn an. Man hätte eine Stecknadel fallen hören können. Krüger und Wilma sahen sich tief in die Augen. Sekundenlang. Krüger holte Luft.

»Ich brauche euer Telefon«, sagte Krüger zum Wirt. »Oder besser: Rufen Sie mir bitte ein Taxi.« Alle atmeten durch. Ein hörbares Seufzen.

»Und eine Cola, bitte.« Wilma tätschelte ihm den Arm.

»Gut gemacht, Krüger. Bleib bloß trocken. Wäre jammerschade. Du bist so weit gekommen.«

Krügers Wünsche wurden prompt erfüllt. Er trank seine Cola, zahlte, bedankte sich, bezahlte auch für das Taxirufen und ging zur Tür. Er drehte sich noch einmal um und winkte Wilma zum Abschied zögerlich zu. Sie winkte zurück. Dann ging er nach draußen. Zehn Minuten später saß er im Taxi.

»Zum Landeskrankenhaus, bitte.« Fast eine Stunde Fahrt. In Krügers Kopf rasten die Gedanken wie Rennwagen. Wilma. Warum war sie so lieb zu ihm? Lola. Warum war sie nicht mehr lieb zu ihm? War er weniger wert als Rolf Moser? Hatte Lola ihn überhaupt je geliebt? Wusste er denn überhaupt, wie liebhaben richtig geht? Oder wusste Lola das nicht? Was hatte der Teer in seiner Magengrube damit zu tun? Und wie sollte er diese Traurigkeit loswerden? Warum fauchte der Drache plötzlich wieder? So viele Fragen. Kannte er die Antworten? Gab es überhaupt auf jede dieser Fragen eine Antwort? Würde es ihm besser gehen, wenn er die Antworten fände? Aber wo? In seiner Kindheit?

Bisher war er vor solchen Gedanken immer weggerannt. Er hatte ja die Wand. Aber die wackelte plötzlich. Hatte Dr. Seele am Ende doch recht und die Wand musste weg, damit er nie wieder rückfällig wurde? Krüger ahnte, warum er den Teer nicht losgeworden war, obwohl er nun schon so lange trocken war. Dr. Seele hatte das Wort »Traurigkeit« nie erwähnt. Krüger hätte aber auch vehement bestritten, dass er traurig war. Durfte er die Wand niederreißen und dieses neue Gefühl rauslassen? Würde er das aushalten ohne Alkohol? Wenn ja, dann brauchte er ein Gegenmittel. Ein anderes als Alkohol. Draußen, in der wirklichen Welt, rannte er nie weg. Vor niemandem. Er ging drauf zu. Sogar auf den Riesen, der Rosa geschlagen hatte. Und auf Rolf Moser und seine Männer und seine blöden Garagen. Er hatte in der Dorfkneipe keinen Schnaps bestellt. Dr. Körper wäre zufrieden mit ihm. Aber auch Dr. Seele? Immer wenn der ihm mit seiner Kindheit gekommen war, hatte Krüger zugemacht. Abgewunken. War sein Körper also stärker als seine Seele? Als sein Vater ihn regelmäßig verdrosch: was hatte da am meisten gelitten, sein Körper oder seine Seele? Die blauen Augen und Flecken gingen ja irgendwann wieder weg, aber wenn er sich an die Schläge erinnerte, fühlte er den schwarzen Teer. Gehörte der schwarze Teer zum Körper oder zur Seele? Und wo bitte war ein Dr. Trost?

»Das macht 40 Mark«, sagte der Taxifahrer. Krüger zahlte, stieg aus und sah auf das Landeskrankenhaus. Und die Schilder: Es gab Abteilungen für Depressionen, bipolare Störungen, Schizophrenie, Traumafolgen, Demenz, Burnout, Borderlinestörungen und Ängste. In Krügers Sprache hieß das: Es gab die Bekloppten, die, die Stimmen hörten, und die Süchtigen. Während seiner Zeit hier hatten sie noch alle zusammengewohnt und gegessen. Damals ging es ihm sehr schlecht. Um es irgendwie im Krankenhaus auszuhalten, hatte er sich innerlich über die Mitinsassen lustig gemacht. Obwohl er sie alle in sein Herz geschlossen hatte. Sie waren schließlich Schicksalsgefährten. Denn auch wenn mancher »freiwillig« hier war: gerne konnte niemand hier sein. Und Gefangene waren sie alle. Gefangene ihrer eigenen Seelenkrankheiten.

Ob er sich selbst liebhabe, hatte ihn Dr. Seele gefragt. Krüger konnte damit damals nichts anfangen. Niemand hatte ihn je liebgehabt, außer seiner Mutter vielleicht, auch wenn sie das nie gesagt hatte. Was hatte ihn nach dem Entzug motiviert, wieder auf die Beine und vom Alkohol loszukommen? Er wollte nicht zu diesen Bekloppten gehören, er hörte ja auch keine Stimmen. Er wollte nicht, dass man ihm ansah, dass auch er hier behandelt wurde. Weil er sich schämte. Und diese Scham war offenbar genauso stark wie der fauchende Drache. Die Scham und sein Stolz. Gehörten die zur Wand? Und dann war da noch sein unbändiger Wille. Er war stärker als diese Hilflosen, dachte Krüger. Jetzt gehörte er nicht mehr zu den Patienten. Aber der Drache fauchte wieder. Er brauchte etwas, das den Drachen in die Schranken wies. Plötzlich fühlte er eine Hand auf seiner Schulter.

»Krüger«, sagte eine vertraute Stimme. »Was machen Sie denn hier? Geht es Ihnen gut?« Es war Dr.Seele. Der wollte gerade seinen Dienst antreten. Er setzte sich neben Krüger auf die Bank. Krüger druckste. Er rang mit sich. Konnte keine Worte finden. Da waren welche, aber sie kamen nicht raus. Als würde die Wand sie blockieren. Dann passierte das Unerwartete. Krüger kamen die Tränen. Sie kullerten aus seinen Augen, keine Wand konnte sie aufhalten. Krüger bebte. Sein Brustkorb hob und senkte sich. Er schluchzte.

»Lassen Sie es endlich raus, Krüger«, sagte Dr.Seele. »Es ist höchste Zeit. Sie können nichts dafür. Sie haben tapfer gekämpft, aber es muss raus. Erst dann sind Sie frei.«

Dr.Seele blieb neben ihm sitzen. An keinem Ort der Welt wurde der Arzt in diesem Moment mehr gebraucht. Er hatte ein starkes Gefühl für Krüger. Mitgefühl. Aber auf die Idee, Krüger tröstend in den Arm zu nehmen, kam Dr.Seele nicht. Krüger wäre jetzt gern getröstet worden. Aber nicht von einem Mann. Das passte nicht in sein Weltbild. Er rieb sich mit seinen kräftigen eingeknickten Zeigefingern die Augen. Immer noch kamen Tränen.

Er war traurig. Das war ein neues Gefühl. Es war stark. Stärker als alle Kraft, die Krüger in seinem Körper hatte. Es kam von hinter der Wand. Von dort kam sonst nur der Drache. Aber der war abgemeldet. Als würden die Tränen sein Feuer löschen. Das Fauchen wurde weniger. Und als es wich, fühlte Krüger zum ersten Mal seinen guten Kern. Der war tatsächlich da. Die Tränen wurden weniger. Krügers Brust hörte auf zu beben. Ein paar Minuten saßen sie so da. Dann sagte Krüger »Danke, Herr Doktor.«

»Gern geschehen, Krüger. Ich bin sehr stolz auf Sie. Ich lasse Sie jetzt allein. Wenn Sie mich brauchen, bin ich für Sie da.«

Dr. Seele stand auf, klopfte Krüger dreimal auf die Schulter und verschwand durch das Eingangstor. Von dort kamen ihm ein paar Patienten entgegen. Krüger blieb sitzen und betrachtete die Männer in ihren weißen Kitteln. Einige zogen wie wild an ihren Zigaretten. Ein Mann gestikulierte und schimpfte mit sich selbst. Ein anderer zuckte immer wieder heftig mit seinen Schultern. Krüger merkte, dass es ihm guttat, diese Männer zu sehen. Er fragte sich warum. Was unterschied sie? Die Männer hatten ihre Krankenhausuniformen an. Sie kamen von drinnen. Krüger saß draußen. In seiner Alltagskleidung. Er war froh, ja sogar stolz darauf, dass er nicht mehr zu ihnen gehörte. Schicksalsgenossen hin oder her. Er war eine Runde weiter. Ein Mann kam im Pyjama aus dem Krankenhaus und sprach laut mit sich selbst. Er sah, dass Krüger ihn beobachtete und hielt sich daraufhin beide Hände vors Gesicht, wie ein Kind, das denkt, es würde dadurch unsichtbar. Er rannte weg. Wenig später kam ein Mann Mitte fünfzig, ebenfalls im Pyjama, der gleich an zwei Zigaretten auf einmal zog. Dann ein ganz Dünner. Hungerhaken dachte Krüger. Wahrscheinlich harte Drogen. Krüger erinnerte sich an seinen Entzug. Er fühlte, dass es richtig war, hierherzukommen. So wie diese Männer wollte er auf keinen Fall enden. Da konnte der Drache ruhig noch mal fauchen. Sollte er doch fauchen. Krüger würde versuchen, das auszuhalten. Er würde wieder hierherkommen. Zur Bank vor dem Landeskrankenhaus. Lieber ein Junkie und ein Bekloppter vor der Nase als ein schrumpfendes Bett im Kopf, dachte Krüger. Tatsächlich verdrängten die Bilder, die er jetzt in diesem Moment sah, die Bilder, die seine traumatisierte Psyche produziert hatte. Krüger erinnerte sich, was er alles ausgehalten hatte. Wie viele Schläge. Wie viele Bestrafungen. Wie viel Einsamkeit. Wie wenig Liebe. Allein. Hilflos. Schutzlos. Verachtet. Gehasst. Gefürchtet. All das wollte er nie wieder sein. Besser keine Lola, als eine, die mich nicht liebt, dachte Krüger. Besser keinen Vater mehr als einen, der mich schlägt. Besser keine Mutter mehr als eine, die ich nicht beschützen kann. Krüger merkte, dass er seine eigenen Gedanken beeinflussen konnte. Das war besser als das hilflose Opfer von Halluzinationen zu sein. Konnte er sich auch liebhaben? Er machte eine Faust. Er wollte sich selbst aufzählen, was er alles geschafft hatte. Wozu so eine Faust alles gut ist, dachte Krüger und lächelte. Nicht nur zum Schlagen: Jetzt waren seine dicken Finger dran. Er begann die Aufzählung und öffnete den rechten Daumen: den Vater überlebt. Nun den Zeigefinger: seit fünf Jahren trocken. Mittelfinger: Schulden abgebaut. Krüger merkte, dass er mit jedem Finger ein wenig stolzer auf sich wurde. Ringfinger: Arbeit gefunden. Kleiner Finger: Unter Schaustellern und Zirkusleuten eine Familie gefunden. Die Faust war jetzt eine geöffnete Hand.

Krüger guckte auf seine andere Faust. Sie war noch geschlossen. Aber die würde er auch noch brauchen, wenn er so weiter machte. Nun kam ein weiterer Insasse heraus, der unüberhörbar Obszönitäten vor sich hin fluchte. Krüger faltete seine Hände, lehnte sich auf seiner Bank zurück und lächelte.

FESTZELTBOXEN

So zufrieden er auch mit seinem Leben inzwischen wieder war: das Toilettenputzen füllte ihn nicht aus. Immer öfter ging Krüger jetzt ins Festzelt und sah den Boxern zu. Er hatte noch nie in einem Wettkampf geboxt. Im Festzelt zwischen den Seilen zu stehen, war zwar noch kein anerkannter sportlicher Wettbewerb, kam dem aber sehr nahe. Eines Abends ging er nach Feierabend zum Jugoslawen.

»Hallo Krüger! Willst du wieder Armdrücken?«

»Nein. Ich will boxen.«

»Ok, Dann wollen wir mal sehen, was du draufhast?«

Der Jugoslawe warf ihm zwei Boxhandschuhe zu.

»Gegen dich nicht noch mal ohne Handschuhe, mir tut jetzt noch die Hand weh«, lachte der Jugoslawe.

Das Festzelt war leer, nur die Tresenkräfte räumten noch auf. Die beiden Männer stiegen in den Ring. Der Jugoslawe tänzelte. Krüger wartete. Noch aus Spaß begann der Jugoslawe ein paar Hände in Krügers Richtung zu streuen. Krüger wich nach links und rechts aus. Der Jugoslawe blieb erstaunt stehen und ging dann etwas ernster zur Sache. Er ging auf Krüger zu und zielte auf seinen Kopf. Aber Krügers Schädel, so riesig der auch war, tauchte mal nach links, mal nach rechts ab, wie von einem elastischen Gummiband gezogen. Der Jugoslawe forderte Krüger nun auf, ebenfalls seine Fäuste einzusetzen.

»Ich will dir nicht weh tun, mein Freund«, sagte Krüger. Der Jugoslawe schüttelte den Kopf. »Keine Sorge, das kannst

171

du doch gar nicht.« Krüger zuckte mit den Schultern und kam einen ganzen Schritt näher. Die Schläge des Jugoslawen landeten in Krügers Deckung oder gingen ins Leere. Es war, als könnten des Gegners Fäuste und Krügers Kopf nicht denselben Raum einnehmen. Dann ließ Krüger ein paar Serien los, erst in die Deckung, dann Richtung Leber, linker Haken, rechte Gerade. Der Jugoslawe hob die Augenbrauen.

»Ok, Krüger, dann lass uns mal ernst machen.« Krüger hatte Respekt vor jedem guten Boxer. Der Jugoslawe war schnell und erfahren. Ein guter Techniker für einen Rummelboxer. Doch selbst wenn er Krüger mal traf, zeigte der keine Wirkung. Von Boxhandschuhen getroffen zu werden, war ein Kindergeburtstag verglichen mit dem, was Krüger hinter sich hatte. Der Jugoslawe forderte Krüger mit den Händen auf, jetzt mal richtig zuzuschlagen. Krüger seufzte. Sein Kontrahent hatte ja keine Ahnung. Also los. Schaufelradbagger an. Eine kurze Serie und eine durchgebogene Rechte: Wumms. Der Jugoslawe lag auf den Brettern. Krüger stand kopfschüttelnd über ihm.

»Alles in Ordnung da unten?« Der Jugoslawe hob den Kopf und nickte.

»Krüger, du erstaunst mich immer wieder.«

Am nächsten Tag ließ Krüger seinen Toilettenwagen für eine halbe Stunde allein. Einer der Rumänen aus dem Zirkus hatte sich bereit erklärt, auf die Kasse aufzupassen. Krüger ging ins Festzelt. Der Ringsprecher kündigte ihn über sein Mikro an: »Wer will gegen den Toilettenmann antreten?« Krüger stand im weißen Kittel mit Boxhandschuhen im Ring. Diesen Showgag hatte der Jugoslawe vorgeschlagen.

»Da springen die Angeber im Festzelt bestimmt drauf an, Krüger.« Krüger war einverstanden. Und tatsächlich meldeten sich gleich mehrere junge Männer aus der Menge. Der Ringsprecher wählte den lautesten von Ihnen aus. Mitte zwanzig. Ein Tattoo am Hals. Jeans. Weißes T-Shirt. Kahlrasierter Schädel. Beacht-licher Bizeps. Man zog ihm Boxhandschuhe an und ließ ihn auf Krüger los. Das Wichtigste beim Festzeltboxen war, den Gegner so schnell wie möglich richtig einzuschätzen. Schließlich war das jedes Mal ein komplett Fremder, der also alles sein konnte oder nichts. Einer, dem Krüger also gerade so viel Spielraum gewähren durfte, dass es zumindest ein bisschen nach einem Kampf aus-sah, das Ganze aber ohne sich selbst zu gefährden. Es galt, mit dem Freiwilligen zu spielen. Je lustiger das aussah, desto besser. Der junge Mann hatte kräftige Arme. Er roch nach Alkohol. Ins Festzelt kam man schließlich vornehmlich zum Biertrinken. Er hielt seine Fäuste vor sein Gesicht. Immerhin, dachte Krüger. Dann holte der junge Mann zum ersten Mal aus. Krüger tauchte nach links ab. Er hatte hier nichts zu befürchten. Der Toiletten-mann ließ die Deckung fallen und reckte immer wieder frech sein Kinn in Richtung seines Gegners. »Schlag mich doch«, hieß das. Der junge Mann wurde mutiger. Er schlug und schlug, aber immer war Krüger schneller. Tauchte ab. Mal nach rechts, mal nach links. Das Publikum lachte. Gut fünfhundert Leute. Das Ganze begann Krüger richtig Spaß zu machen. Nur der enge Kittel war nicht für Boxkämpfe geschaffen. Sollte Krüger einmal richtig zuschlagen, könnte der Stoff reißen. Aber das wäre dann schlichtweg Teil der Show. Der junge Man versuchte es erneut, der Schweiß rann ihm von der Stirn, aber Krügers Schädel blieb außer Reichweite. Das Publikum forderte den Toilettenmann nun lautstark auf, dem Ganzen ein Ende zu bereiten. Das war neu, dass einmal nicht der Herausforderer angefeuert wurde. Krüger ließ seinen Gegner noch eine Minute zappeln. Dann schlug er sachte zu. Genau aufs Kinn. Der Herausforderer ging zu Boden wie ein nasser Sack. Die Menge grölte. Krüger lachte. Zu heftig mochte er nicht jubeln. Nüchtern boxen, im weißen Kittel, vor so vielen Menschen, für Geld: das Ganze war ungewohnt und neu. Aber Krüger gefiel das, er war momentan am richtigen Ort. Am Ende hob Krüger dann doch ganz kurz beide Arme. Um den Unterlegenen kümmerten sich die anderen Festzeltboxer. Nach ein paar Minuten taumelte der junge Mann ohne größeren Schaden aus dem Ring. Der Jugoslawe klopfte Krüger auf den Rücken.

»Du Teufelskerl«, sagte er. »Du gehörst jetzt dazu. Morgen wieder um die gleiche Zeit.«

Krüger wurde die neue Attraktion. Viele junge Männer wollten ihre Aggressionen am Toilettenmann auslassen. Schon am zweiten Abend musste Krüger drei Mal in den Ring. Ab und zu ließ er sich ein bisschen treffen. Dann schickte er jeden noch so jungen, mutigen, kräftigen Kontrahenten auf die Bretter. Krügers Auftritte sprachen sich schnell herum. Der Jugoslawe hatte ein Foto von Krüger geschossen und daraus ein Plakat machen lassen. Das hing zuerst nur am Eingang des Festzeltes und zwei Tage später schon überall auf dem Jahrmarkt.

Das Festzelt war bis auf den letzten Platz gefüllt, das Tresenpersonal musste verdoppelt werden. Krügers Gage auch. Die Zahl der Herausforderer wurde größer und größer. Junge Männer, die eine Wette drauf abgeschlossen hatten, den Toilettenmann zu bezwingen. Halbstarke, die ihrer Freundin imponieren wollten. Übermütige. Angetrunkene. Alle wollten den Toilettenmann vermöbeln. Krüger stieg am dritten Abend fünf Mal, einen Tag später schon sieben Mal in den Ring. Jeder Herausforderer setzte 50 Mark und konnte 100 gewinnen. Wenn Krüger gewann, bekam er 25 Mark. Er hatte kein Problem damit, vor dem Kampf im weißen Kittel durch den Ring zu laufen und vom Festzeltredner als Schlachtvieh angepriesen zu werden. Hauptsache die Kasse stimmte. Außerdem wuchs Krügers Lust darauf, zu boxen, ohne getrunken zu haben. Das war Sport, es ging ums Gewinnen, nicht ums Zerstören. Das lenkte ihn ab von trüben Gedanken. Und das Publikum im Festzelt zu unterhalten, machte ihm

174

riesigen Spaß. Seine Show wurde immer besser. Krüger war jetzt boxender Entertainer. Mit der Erfahrung aus zahllosen Wirtshausschlägereien wusste Krüger meistens schon nach wenigen Sekunden, wen er wie nah an sich heranlassen durfte. Und wer zu frech und ungestüm wurde, bekam natürlich irgendwann eins drüber gebraten. Krüger spielte mit den Herausforderern. Treffen konnten sie ihn nicht, dafür duckte er sich einfach zu schnell weg. Außer an seinem inzwischen kugelrunden aber steinharten Bauch. Den hatte der Alkohol wachsen lassen. Krüger hatte damals aus der Not eine Tugend gemacht: denn verschwinden wollte der Bauch nicht, solange der Alkohol nicht verschwand. Also trainierte Krüger seinen Bauch. Hunderte Sit-ups jeden Tag, er hatte ja sonst nichts zu tun. Bis die Kugel hart war. Seine Wunderwaffe. Alle Gegner dachten, es handle sich um den üblichen Bierbauch. Doch wer ohne Boxhandschuh draufschlug, konnte sich die Hand brechen. Weil niemand damit rechnete, dass ein dicker Bauch aus Stahl sein konnte.

Schon beim Aufwachen dachte Krüger an den kommenden Abend im Festzelt. Immer wieder machte er vor seinem Toilettenhäuschen seine Schlagbewegungen. Schattenboxen aus Vorfreude. Die Zirkusleute klopften ihm auf die Schulter und wünschten ihm weiterhin Glück. Für sie war das Festzeltboxen genauso harte Arbeit wie das Zeltaufbauen, das Akrobatiktraining, das Voltigieren mit den Pferden und das Toilettenputzen. Es war Teil des Jahrmarktbetriebes, in dem jeder seine Aufgabe so gut wie möglich zu verrichten hatte.

Dann war es Abend. Der Jugoslawe hatte seinen Kampf gewonnen, wie fast immer. Dann griff er zum Mikrofon und kündigte den Höhepunkt des Abends an: den tänzelnden Toilettenmann. »Wer will gegen ihn antreten? Er ist noch ungeschlagen. Wer schickt den Mann im weißen Kittel auf die Bretter?« Das war Krügers Zeichen. Er schlüpfte durch die Ringseile, verbeugte sich vor der Menge und machte ein paar Schläge mit beiden Fäusten in die Luft. Sofort erhoben sich fünf Männer. Der Jugoslawe bat sie alle nach vorne und stellte sie im Ring nebeneinander. Jeder musste einzeln vortreten, die Lautstärke des Jubels sollte entscheiden, wer der Herausforderer sein durfte. Die Menge entschied sich für einen bulligen Mitdreißiger. Der riss sich adrenalingetrieben das Oberhemd auf und zeigte einen kräftigen Oberkörper. Man zog ihm Boxhandschuhe an und los ging es. Er war noch nicht lange Festzeltboxer, aber Krüger gewöhnte sich langsam an die Geräusche und die Atmosphäre. Die Menge feuerte zu Beginn jedes Kampfes den Herausforderer an. Wieder reckte Krüger provokant sein Kinn, drehte seine Kreise um den Gegner und beließ es zunächst bei leichten Schlägen in die Deckung seines Gegners. Irgendwann verlor die Menge die Geduld und kippte auf Krügers Seite. Dann war es Zeit für den Niederschlag.

Je länger Krüger ungeschlagen blieb, desto lauter tobte der Saal. Er hatte Boxkämpfe im Fernsehen gesehen. Auch die in Amerika. Sein Held war Muhammad Ali. Weil der so lässig war. Natürlich war der viereckige Krüger weit entfernt davon, ein Muhammad Ali zu sein. Aber das Zitat: »Schwebe wie ein Schmetterling, stich wie eine Biene«, das gefiel ihm ungemein. Wie der Weltmeister aller Klassen ließ auch Krüger seine Hände neben den Hüften baumeln. So gut tänzeln wie Ali konnte Krüger nicht, aber das Publikum erkannte, wen er da nachahmte und jubelte frenetisch. Und so schwebte der Toilettenmann durch den Ring im Festzelt und stach dann, wenn die Stimmung auf dem Höhepunkt war, einmal unmissverständlich zu. Meistens ohne die Gegner gleich K.O. zu hauen. Nur anknocken, sagte der Jugoslawe immer. Das reiche.

Die Menge grölte, inzwischen kannte man sogar seinen Namen: »Krüger, Krüger, Krüger.« Es dauerte nicht lange, da erschien seine Geschichte mit Foto in der Zeitung. Der Jugoslawe hatte ihm für den Fototermin eine richtige Boxerhose, ein paar Schnürschuhe und neue Boxhandschuhe organisiert. Darüber der geöffnete weiße Kittel. »Unbezwingbarer Toilettenmann begeistert die Menge«. Alle auf dem Jahrmarkt klopften ihm auf die Schulter. Wenn er am Toilettenhäuschen seinen Dienst verrichtete, grölten die Betrunkenen seinen Namen. Krüger lachte sich eins. Es war neu für ihn, einfach beliebt zu sein. Früher war er immer nur gefürchtet.

Seine plötzliche Berühmtheit hatte auch eine gefährliche Folge: Die Herausforderer reisten von weiter her an und wurden stärker. Jeder wollte der erste sein, der den Toilettenmann auf die Bretter schickte. Der Jugoslawe warnte ihn jeden Tag und Krüger nahm das durchaus ernst. Es entwickelten sich richtige Boxkämpfe und der Jugoslawe engagierte vorsichtshalber einen Ringrichter. Krüger hatte sich gleich zehn neue Toilettenkittel gekauft, alle eine Nummer größer, damit sie nicht mehr rissen, wenn er zuschlug. Krüger kam zugute, dass er dem Alkohol abgeschworen hatte. Er war jetzt 42 und damit weit älter als die meisten seiner Herausforderer. Die Kämpfe dauerten maximal drei Runden. Aber neun Minuten im Ring können sehr lang sein. Mit seinem Chef hatte er ausgehandelt, dass er das Toilettenhäuschen abends einem Mann seines Vertrauens überlassen durfte. Es lief für Krüger. Besser denn je.

Dann aber kam, was kommen musste. Krüger wurde wie gewohnt vom Ringsprecher angekündigt. Das Festzelt war bis auf den letzten Platz gefüllt. Alles wie immer, dachte Krüger. Nachdem er der grölenden Menge zugewunken hatte, betrat der nächste Herausforderer in seinem Rücken den Ring. Krüger drehte sich um und sah ihn vor sich. Über sich. Ein Zweimeterzehn großer Hüne. Nicht irgendeiner. Sondern ein alter Bekannter: der hübsche Sven aus Hamburg. Krüger reichte dem muskelbepackten Ungeheuer gerade mal bis zur Schulter. Der hübsche Sven grinste Krüger auf so unverschämte Art an, dass in Krüger ein trotziger Stachel entzündet wurde. Auch wenn er keine Chance hatte, er wollte dem Zuhälter das Leben so schwer wie möglich machen. Nur wie, das war die offene Frage. Um nicht getroffen zu werden, musste der Schmetterling in eineinhalb Meter Abstand um seinen Gegner herumschwirren. An Zustechen war aber erst mal gar nicht zu denken. Das Festzelt tobte.

Krüger war ehrfürchtig. Vor Riesen hatte er Angst. Und mit dem hübschen Sven hatte er ja seine Erfahrung schon gemacht. Aber Aufgeben war nun mal keine Option. Nachdem er drei Minuten um den Hünen gekreist war, gab es eine kurze Pause. Wie bei einem richtigen Kampf betreute ihn der Jugoslawe diesmal in seiner Ringecke. Und hatte eine gute oder schlechte Nachricht. In der ersten Reihe säße ein Boxpromoter aus Hamburg. Der, der die Schwergewichtsweltmeister unter Vertrag habe. Krüger erkannte ihn sofort. Das Gesicht war berühmt in diesen einschlägigen Kreisen.

»Was will der denn hier?«, fragte Krüger. »Hat der das auch in der Zeitung gelesen?«

»Ja«, sagte der Jugoslawe. »nachdem ich ihn angerufen habe. Ich habe früher für ihn geboxt.«

Jetzt wusste Krüger auch, wie der hübsche Sven hierherkam. Vermutlich hatte der Promoter ihm das Foto in der Zeitung gezeigt und da hatte der hübsche Sven, »den kenn ich, den hau ich um«, gesagt und war bereitwillig mit in den Wagen gestiegen.

»Dann hat also der den Riesen mitgebracht«, sagte er zum Jugoslawen.

»Ja«, erwiderte der. »Das würde zu ihm passen. Er will dich testen. Also zeig ihm, was du draufhast.«

Krüger brauchte einen Plan. Einen der besser war, als Schmetterling und Biene zu sein. Wie schlägt man einen Riesen K.O.? Riesen haben lange Arme. Die ganze Zeit um ihn rumzutänzeln,

178

brachte zwar Krüger nicht in Gefahr. Den Riesen aber auch nicht. Krüger musste dahin, wo die Riesenarme nicht waren. Wo sie nicht sein konnten. Und das war so nah wie möglich am Riesen. Am besten direkt unter dessen Kinn. Dafür musste Krüger durch die Gefahrenzone, im Umkreis von einem Meter rund um den Riesen, die Zone also, in der er selbst getroffen werden konnte. Hinein in den inneren Kreis. So nah ran an den Riesen, dass der mit seinen dann zu langen Armen nicht mehr an Krüger herankam. Boxer nennen das Infight. Aber Krüger hatte Angst. Vor Riesen im Allgemeinen und vor diesem erst recht. Es ging weiter. Krüger versuchte, so schnell wie möglich aus der sicheren Distanz ganz in die Nähe des Riesen zu gelangen. Aber der durchschaute das und versetzte Krüger dann jedes Mal einen kräftigen Schlag gegen den Kopf.

Ein, zwei, drei solche Hammerschläge konnte Krüger wegstecken. Aber beim vierten Mal brummte ihm schon ganz schön der Schädel. Krüger wurde darin bestätigt, dass seine Angst vor Riesen nicht ganz unbegründet war. Das Festzelt tobte. Aber zum ersten Mal waren alle von Anfang an auf seiner Seite. Er war nicht mehr der unbezwungene Toilettenmann. Er war jetzt David im Kampf gegen Goliath. Chancenlos auf den ersten und den zweiten Blick. Der Riese war siegessicher. Er strahlte eine Ruhe aus, als wäre er ein Berg. Einer, dem nichts passieren konnte. Er hatte ja den Sicherheitsabstand, den er mit seiner enormen Reichweite überbrücken konnte. Was also tun? Krüger musste den Riesen austricksen. Immer wenn er durch die Gefahrenzone schlüpfen wollte, brauchte er ein kurzes Ablenkungsmanöver, um dabei keine Schläge zu kassieren. Er brauchte mal wieder eine dieser kreativen Eingebungen, die ihn, wenn es drauf ankam, immer ausgemacht hatten. Die ihn so einzigartig, so besonders machten. Die ihn von den anderen unterschieden. Einen Krügerweg, um sein Problem zu lösen. Das hier, dieser Kampf vor den Augen des

Boxpromoters, war zweifellos eine Chance. Eine große Chance, im Leben vielleicht doch noch eine Runde weiterzukommen. »Zeig ihm, was du draufhast!«, hatte der Jugoslawe gesagt. Nichts lieber als das. Aber wie? Er musste durch die gefährliche Zone. Bei der Überfahrt durfte er nicht getroffen werden. Also irgendwie die Schläge abwehren. Doch die waren hart und sie kamen wie damals von oben. Er brauchte eine Art Täuschungsmanöver. Der hübsche Sven agierte mit links. Krüger behielt nun seine rechte oben, ganz nah am Gesicht und schlug absichtlich mit seiner Linken ins Leere. Wenn dann die Linke des Riesen kam, fing er sie mit seiner Rechten kurz vor seinem Gesicht ab und schob dann mit aller Kraft die Linke des Riesen zur Seite. In diesem Moment sprang er auf den Riesen zu. Der reagierte und wich nach hinten aus. Im Rückwärtsgang konnte der hübsche Sven nicht mehr hart schlagen. Das war technisch unmöglich. Harte Schläge gehen nur im Vorwärtsgang. Krüger zog nun so schnell wie möglich beide Hände vors Gesicht, sprang leicht zur Seite und stand dann unter dem Riesen, ganz nah an ihm dran. direkt unter seinem Kinn. Das ging alles nur mit viel Kraft, aber die hatte er ja von jeher. Dann drei harte Schläge, den ersten in die Leber des Riesen, dann links und rechts von unten gegen dessen Kinn. Und tatsächlich: der hübsche Sven verdrehte erstmals die Augen. Krüger tauchte ab und ging zurück in seine vorherige Distanz. Sein Manöver schien zu funktionieren. Aber er musste das hier zu Ende führen, bevor der Riese verstanden hatte, was geschah und ein Gegenrezept entwickeln konnte. Die Menge tobte. »Krüger, Krüger.« Der Jugoslawe schrie: »Genau so, nochmal.«

Also los. Jetzt aber richtig. Die Linke des Riesen mit seiner Rechten abfangen, zur Seite wischen, dann schräg reinspringen in die Gefahrenzone und diesmal zwei auf die Leber. Dann mit links gegen das Kinn und dann noch mal so richtig mit rechts. Volltreffer, der hübsche Sven taumelte. Krüger setzte nach, wenn er schon mal hier war, warum wieder zurück? Krüger wieder Schaufelradbagger. Leber, Leber, Kinn, Kinn. Der Riese fiel. Und stand nicht wieder auf. Der Lärm war ohrenbetäubend. Der Jugoslawe kam in den Ring und hob Krüger hoch. Es war sein größter Sieg. Der Riese berappelte sich, taumelte jetzt auf ihn zu, und Krüger konnte es kaum glauben: er gratulierte ihm. Krüger sah kurz auf die johlenden Leute. Tat, was er so noch nie getan hatte: er streckte beide Arme gen Himmel und jubelte lang und ausgiebig. Und lachte und lachte. Er konnte sich gar nicht wiedereinkriegen vor lauter Lachen. Wie schön bitte, konnte das Leben sein. Dann stieg er aus dem Ring und verschwand hinter den Kulissen. Er trank eine große Cola. Und dann noch eine. Dann stand plötzlich der Boxpromoter neben ihm.

»Krüger. Du hast mich beeindruckt. Ich will dir nicht das Blaue vom Himmel versprechen. Aber ich brauche hin und wieder jemanden wie dich in Hamburg. Bei unseren Kämpfen fällt oft ein Gegner aus. Dann brauche ich Ersatz. Du kriegst je nach Gegner 500 für einen Sieg und 200, falls du verlierst. Anreise wird bezahlt. Ist gutes Geld und eine gute Chance. Und du könntest bei mir im Boxstall trainieren, lernst noch ein paar Kniffe. Ich lasse dir meine Telefonnummer hier. Wer auch immer rangeht, wird wissen, wer du bist, Krüger.«

FLEISCH, KARTOFFELN UND TROST

Als Krüger zurück zum Zirkus kam, sah er den Zirkusdirektor mit Wilma. Krüger fühlte, dass er sich darüber freute, sie zu sehen. Freude. Wann hatte er zuletzt Freude empfunden? Wann immer er sich über etwas gefreut hatte, gab es kurz darauf was auf die Fresse. Er hatte dann das Visier hochgefahren und Freude gar nicht mehr zugelassen. Freude fühlen hieß offenbar Schwäche zeigen. Verletzbar sein. So war das Leben ohne Deckung. Und jetzt? Was war anders? Seine Deckung war jetzt unten. Warum? Er schwankte nicht mehr. Konnte er deshalb wieder Freude zulassen? Er war trocken geblieben. Das hatte er geschafft. Dabei hatte er vor gar nicht langer Zeit noch heftig geschwankt. Vor allem wegen Lola. Liebe. Wusste er, was das war? Lola hatte es gewusst. Zu gut gewusst. Besser als er. So gut, dass sie damit spielen konnte. Aber war das dann noch Liebe? Vielleicht kannte Lola ja gar keine wahre Liebe. Die kommt doch von innen, dachte Krüger. Vom Herz. Damit kann man gar nicht spielen. Spielen kann man nur mit dem Kopf. Und im Kopf war keine Liebe. Im Kopf waren nur Gedanken.

Er folgte Wilma und dem Zirkusdirektor in den Pferdestall. Der direktor zeigte auf die Stute, die Krüger geheilt hatte. Wilma ging hin und streichelte das Tier. Dann bemerkten sie Krüger.

»Du Teufelskerl«, sagte der Zirkusdirektor. »Hast den Riesen auf die Bretter geschickt. Bravo.« Krüger war etwas verlegen. So gelobt zu werden war neu für ihn. Und dann noch vor einer Frau. Wilma sah ihn an.

»Hallo Krüger.« Krüger wurde rot. Auch das noch.

»Hallo«, erwiderte er leise.

»Toll, wie du das mit dem Pferd hingekriegt hast. Ich hab dein Foto in der Zeitung gesehen und wollte mal sehen, was du so treibst.«

Der Zirkusdirektor verabschiedete sich. Jetzt waren sie allein. Krüger und Wilma setzten sich auf eine Truhe.

»Weißt du, Krüger. Ich hab das ja alles mitgekriegt. Dein Leben. In Bruchstücken. Ich finde, du solltest jetzt nicht mehr Toiletten putzen. Du kannst von mir aus ein bisschen boxen. Vielleicht noch gutes Geld damit verdienen, bis du deine Schulden los bist. Aber alt wird man als Boxer nicht. Du hast das mit dem Trinken geschafft. Für den Rest fällt uns auch noch etwas ein. Wir schaffen das.«

Hatte sie »uns« gesagt? Und »wir«? Krüger war durcheinander. So viel war heute passiert. Erst der Riese, dann der Boxpromoter. Jetzt auch noch Wilma. So wie sie hatte noch niemand mit ihm gesprochen. So warm und wohlwollend. Aber warum? Er mochte sie. Sie war Witwe. Ihre Kinder waren schon aus dem Haus. Jetzt wohnte sie allein in dem großen Bauernhof. Eine Bauerntochter. Kurven an den richtigen Stellen. Schöne lange Haare. Und offenbar ein guter Mensch. Und sie nahm kein Blatt vor den Mund. Sprach ungefragt alles offen und klar aus. Das konnte Krüger gut gebrauchen. Er musste jetzt vor nichts mehr wegrennen und konnte die Wahrheit gut vertragen.

»Ich glaub, du bist ganz in Ordnung«, rutschte es Krüger raus. »Ein ganz prima Mädchen.«

Wilma legte ihm die Hand aufs Knie. Und sah ihn aus tiefen Augen an.

»Ach, Krüger. Ich find dich auch ganz prima.«

Eine Woche später stand Krüger mit einem Blumenstrauß vor ihrer Tür. Er war sich seiner Sache sicher. Trotzdem war ihm mulmiger zumute als im Ring mit dem Hünen. Beim Klingeln wackelten seine Knie. Angst hatte er doch eigentlich nur vor Riesen. Warum vor Wilma? Er hatte seinen Besuch nicht angekündigt. Er wollte sie überraschen. Sie öffnete. Mit fragendem Blick. Sah die Blumen. Und strahlte wie Krüger noch nie eine Frau hatte strahlen sehen. Krüger rutschte das Herz in die Hose. Jetzt bloß schnell eine kalte Cola. Sie hatte tatsächlich Cola in der Speisekammer:

»Hab ich extra für dich gekauft, Krüger. Die trinkst du doch so gerne.«

Wilma kochte gut. Fleisch und Kartoffeln mit Soße. Krüger lobte sie dafür nach dem Essen. Sie hatte die ganze Zeit nicht aufgehört zu strahlen. Sie räumte ab. Krüger stand auf, um ihr zu helfen. Er war fast bei ihr am Spülbecken angekommen, da drehte sie sich abrupt um. Krüger ließ vor Schreck die Teller fallen. Sie zerbrachen. Wilma fiel ihm einfach um den Hals. Hielt ihn ganz fest. Krüger wurde warm. Ganz vorsichtig, als wäre sie ein rohes Ei, legte er seine Hände um ihren Oberkörper. Und drückte sie. Erst sachte. Aber das reichte irgendwie nicht. Also kräftiger. Das war besser. So verharrten sie eine ganze Weile. Als könnte eine einzige Bewegung dieses Glück beenden. Doch das ging gar nicht.

Sie waren Haus an Haus aufgewachsen. Ihre Pfade verliefen bis hierher weit auseinander. Nur um sich jetzt doch noch zu kreuzen. Später machten sie ein Stockwerk höher Liebe. Unbeholfen. Gierig. Zärtlich. Lange. Danach lag sie auf seiner Brust. Bis zum nächsten Morgen.

AUSGEHANZUG

Zu Krügers Abschied gaben die Zirkusleute und Festzeltboxer ein Fest. Mit Pferdeakrobatik, Cola für Krüger, mit Showboxen und zwei Reden. Der Zirkusdirektor erinnerte an Krügers chiropraktischen Eingriff bei dem verletzten Pferd und wie damit eine jahrelange Freundschaft begonnen hatte »mit dem treuesten, fleißigsten, hilfsbereitesten Menschen, den ich kenne. Krüger, du hast einen guten Kern. Das habe ich gleich gemerkt, als ich dich kennengelernt habe. Du warst immer hilfsbereit und uneigennützig. Egal, was in deinem Leben passiert ist, diesen guten Kern hast du dir immer bewahrt und der ist es, der dich zu einem besonderen Menschen macht.«

Krüger war gerührt. Es war ein langer Weg vom Halunken bis hierher. Der Jugoslawe erinnerte an das Armdrücken, bei dem er Krüger kennengelernt hatte.

»Hätte ich gewusst, dass Krüger der stärkste Mann der Welt ist, hätte ich damals keine 10 Mark auf die Wette gesetzt, gegen ihn zu gewinnen.« Alle lachten. Der Jugoslawe erinnerte auch an Krügers Kampf gegen den Hünen aus Hamburg. Alle lachten und feierten und wünschten Krüger alles Gute. Sie hatten das Foto aus der Zeitung auf ein Plakat übertragen. Darüber stand: Krüger: der stärkste Mann der Welt. Wilma war mitgekommen und saß an Krügers Seite. Aus Solidarität mit Krüger trank sie Apfelschorle. Außerdem musste sie ja noch fahren. Krügers sieben Sachen füllten nicht mal einen Koffer. Wilma hatte einen alten Mercedes. Krüger zog erstmal bei ihr ein. Er hatte jetzt einen Kleiderschrank. Darin hingen ein Mantel, ein Schal, ein paar Handschuhe und unten standen zwei Paar Schuhe. Wilma hatte all das gekauft, alles in Krügers Größen. So viele Sachen hatte Krüger noch nie besessen. Es gab jeden Tag Fleisch und Kartoffeln mit Soße. Dazu manchmal Rotkohl, manchmal Erbsen, Kohlrabi oder Blumenkohl. Nach dem Essen machten sie Liebe. Jeden Tag. Sie hatten schließlich viel nachzuholen. Dann sagte Wilma zu Krüger, dass die Zeit gekommen sei. Krüger blickte sie fragend an. Sie brachte ihm seinen Mantel. »Komm einfach mit.« Sie zogen ihre Mäntel an und gingen zu Fuß. Krüger wusste nicht, was sie vorhatte. Er vertraute ihr.

»Gehen wir zur Kirche?«, fragte Krüger. »So ähnlich«, antwortete sie. Kurz vor der Kirche bogen sie ab. Vor ihnen lag der Friedhof. Krüger zögerte.

»Komm einfach mit«, sagte Wilma.

»Ich bin ja da, Krüger, ich bin ja da.« Krüger folgte ihr. In ihm tobte ein Sturm. Kein Drache. Kein Teer. Aber es kam aus dem Magen. Früher hieß dieser Ort »hinter der Wand«. Aber die Wand war jetzt durchlässig. Oder bereit zu fallen. Steine kamen in seinem Bauch ins Rollen. So fühlte sich das an. Dann standen sie vor dem Grab der Mutter. Den Vater hatte Krüger am anderen Ende des Friedhofs begraben. Ohne Grabstein. Das hatte er damals mit Hartmann geregelt. Krüger las ihren Namen. Für den Grabstein hatte er Hartmann fast alle Möbel überlassen. Die Steine in seinem Magen purzelten durcheinander. Wilma wich nicht von seiner Seite. Krügers Körper begann zu beben. Dann kamen die Tränen. Wilma nahm ihn in den Arm. Sturzbäche flossen aus Krügers Augen, Wilmas Haar wurde ganz nass.

»Ist ja gut, mein Krüger«, säuselte sie. »Alles ist gut. Sei ruhig traurig. Du hast allen Grund dazu. Lass es einfach raus. Ich bin da und fang dich auf.«

Krüger weinte und weinte. Mit jeder Träne lösten sich die Steine in seinem Magen ein Stück weiter auf. Er hatte keine Macht über das, was hier geschah. Die Wand schien endgültig zu verschwinden und alles, was vier Jahrzehnte dahinter gewohnt hatte, kam auf einmal raus. Er musste es nur zulassen. Und er ließ es zu. Er konnte nicht zu tief fallen, denn er wurde ja aufgefangen. Getröstet. Gehalten. Das Weinen tat ihm gut. Er war traurig, ja, aber nicht verzweifelt. Er weinte, aber es war ein befreiendes Weinen. Die Steine wurden immer kleiner. So klein, dass es sich aushalten ließ, sie in sich zu haben. Wilma ließ ihn nicht los. Dann war es gut. Krüger sah sie aus roten Augen an:

»Du bist ein Schatz«, sagte Krüger. »Dankeschön. Ich liebe dich.«

»Ich liebe dich auch Krüger«, sagte Wilma.

»Das hier musste einfach sein«, fuhr sie fort. Jetzt bist du endlich lebensfähig. Und ich lass dich nicht mehr gehen, hörst du?«
Krüger hörte.

Sie besuchten Goliath mit Stethoskop und tranken mit ihm Tee. Wilma hatte Krüllkuchen gebacken. Krüger berichtete von seinem alten und seinem neuen Leben. Vom Toilettenwagen, vom Garagen bauen und zerstören, vom Festzeltboxen, vom Angebot des Boxpromoters, vom Pferd einrenken, und von seinen Plänen, sein Elternhaus zu renovieren. Goliath mit Stethoskop fragte Krüger nach seinem Brand. Krüger berichtete von der Bank vor dem Landeskrankenhaus. Und er fragte den Arzt, warum es unter den vielen Ärzten keinen Dr. Trost gab.

»Das ist eigentlich Aufgabe von Dr. Seele. Aber Trost zu spenden lernen die nicht an ihren Universitäten. Außerdem können Frauen das viel besser als Männer«, sagte der Arzt.

»Aber Wunden verbinden kann doch sogar eine Arzthelferin ...«, murmelte Krüger. »Man kann doch nicht eine Wunde aufreißen und sie dann nicht verbinden.«

Goliath mit Stethoskop wurde nachdenklich. »Das müssen dann wohl Sie übernehmen, Wilma«, sagte Goliath.

»Hab ich schon«, erwiderte Wilma. Krüger berichtete vom Besuch am Grab seiner Mutter. Er sprach leise, musste aber nicht weinen. Goliath mit Stethoskop klopfte ihm auf die Schulter.

»Ich bin stolz auf dich, Krüger«, sagte er. Und zu Wilma: »Und Sie hat der liebe Gott geschickt. Ich wusste, dass Krüger eine gute Chance hat. Er hat einen starken Willen.«

Dann fuhren Wilma und Krüger nach Hamburg. Sie machten eine Hafenrundfahrt und aßen Fischbrötchen. Auf eine Führung über die Reeperbahn verzichtete Krüger vorsichtshalber. Womöglich wären sie noch Rosa begegnet. Das konnte er Wilma nicht antun. Ein paar Geheimnisse braucht jeder Mann, dachte Krüger.

Sie übernachteten in einem guten Hotel mit Blick auf die Elbe. Krüger konnte sich nicht erinnern, jemals so gut geschlafen zu haben. Tagsüber ging Krüger zum Boxtraining. Am Wochenende sprang er als Ersatzkämpfer ein. Er gewann und bekam 500 Euro. Zurück in der Heimat begann Krüger, sein Elternhaus zu renovieren. Er wollte alles neu machen und es dann vielleicht verkaufen. Aber das Beste kam noch.

Wilma kannte alle Bauern im Umkreis von 50 Kilometern. Und nicht nur die. Sie fuhren zu einem Pferdezüchter. Wilma hatte gehört, dass ein Pferd lahmte. Der Züchter begrüßte sie und zeigte ihnen die Stute.

»Guck dir das mal an, Krüger«, sagte Wilma. Krüger streichelte das scheue Pferd am Bauch und gewann auf diese Weise recht schnell dessen Vertrauen. Dann ließen sie es ein paar Runden laufen. »Vorne links«, sagte der Züchter. »Da ist was ausgekugelt.« Krüger näherte sich dem Pferd. Er sang, leise vor sich hin, ein kleines Liedchen, das sie immer im Radio spielten. Das Pferd spitzte die Ohren. Dann betastete Krüger das betroffene Gelenk. Das Pferd schien ihm zu vertrauen. Es wich nicht aus.

Krügers Streicheln ging in ein Greifen über. Mit einer Hand griff er den Schenkel, mit der anderen den Rücken und dann machte es Rumms. Das Pferd wieherte und schnaubte. Schüttelte den Kopf. Stupste Krüger mit der Nase. Dann ließen sie es wieder laufen. Es lahmte nicht mehr. Der Züchter zückte einen Fünfziger. »Ich werde dich weiterempfehlen, Krüger.«

Zu Hause angekommen sagte Wilma mal wieder, Krüger solle mitkommen. »Aber bitte nicht wieder zum Friedhof«, sagte Krüger halb lachend halb zweifelnd. »Nein, Krüger. Viel besser. Komm mit hinters Haus. Und da stand sie. Eine nagelneue Puch. Ein grünes Mofa. Darauf ein Helm.

»Für deinen Riesenschädel«, sagte Wilma. Damit fährst du jetzt allein zu den Pferden.« Dann zückte sie eine kleine Schachtel und gab sie Krüger. Darin befanden sich Visitenkarten. Darauf stand Krügers Name. Darunter: »Chiropraktiker für Pferde«. Und ihre Telefonnummer. Krüger war sprachlos. Er wusste nicht, was er zuerst machen sollte: Wilma umarmen oder das Mofa anschmeißen. Wilma wäre nicht Wilma, hätte sie nicht auch für dieses Problemchen eine Lösung.

»Komm Krüger. Drehen wir eine Runde. Lass uns Apfelkuchen essen fahren.« Wie selbstverständlich ging sie in den Schuppen und holte einen zweiten Helm. Genauso blau wie der von Krüger. Dann setzten sie sich in Bewegung. Wilma umarmte ihn von hinten. Krüger fühlte ihre Wärme. Er fühlte den Fahrtwind und den Motor. Er fühlte die Straße und die Luft, sein Dorf, seine Heimat. Er fühlte, dass er lebte und dass alles gut war, genauso wie es war.

Krüger fuhr weiterhin regelmäßig zum Landeskrankenhaus und setzte sich auf die Bank davor. Jeden ersten Sonntag im Monat. Wilma schmierte ihm dafür Butterbrote und gab ihm eine Kanne Kaffee mit.

»Du bist der Rückenwind, der mir mein ganzes Leben gefehlt hat«, sagte Krüger zu ihr.

»Das ist schön, dass du das sagst, Krüger. Wenn ein Liebender jemandem diesen Rückenwind gibt, und der andere das zu schätzen weiß, dann kann er weit fliegen und kehrt trotzdem immer wieder zurück.«

Die Butterbrote und der Kaffee waren ihre Art, Krüger zu unterstützen. Sie unterstützte alles, was Krüger guttat. Die Typen, die das Eingangstor des Landeskrankenhauses ausspuckte, waren häufig dieselben, Krüger nannte sie in ihren weißen Anzügen »seine Gespenster.« Blasse Gesichter, ausgemergelte Körper. »So sehen arme Schweine eben aus«, dachte Krüger. Das hat das Leben aus ihnen gemacht. Einige Patienten setzten sich zu Krüger auf die Bank und baten um ein Stück von seinen leckeren Happen. Das Krankenhausessen war nun mal auch hier so, wie es immer und überall war: selten lecker. Krüger hatte genug dabei und Wilma schmierte jedes Mal mehr Brote. Wer neben Krüger Platz nahm, fing meistens auch an zu plaudern. Die, die Stimmen hörten, erklärten ihm, dass die Stimmen an der frischen Luft nicht so laut waren wie drinnen. Krüger fand das interessant. Die Suchtis, wie Krüger sie liebevoll nannte, fragten ihn anfangs noch, ob er nicht was für sie besorgen könne. Krüger legte Ihnen seinen starken Arm um die Schulter und sagte:

»Wenn du es schon bis hierher geschafft hast, dann schaffst du auch den Rest. Guck mich an.« Die Tourettis, wie Krüger sie bezeichnete, waren genauso tragische wie lustige Kandidaten. Ihre Ticks und Schimpftiraden rundeten Krügers Sonntagsausflüge ab. Ihre Flüche waren einfach zu herzergreifend ehrlich und deutlich und obszön und hilflos zugleich, das konnte man kaum zu Hause erzählen. Für die Kranken war auch er inzwischen ein Ziel, eine Hoffnung, ein Anker. Auch Dr.Seele und Dr.Körper sahen das und ermunterten die Suchtkranken immer wieder, sich ein Beispiel an Krüger zu nehmen:

»Er war ein hoffnungsloser Fall. Aber hat es durch seinen unbändigen Willen geschafft, vom Alkohol loszukommen.«

Wenn Krüger keine Aufträge zum Pferdeeinrenken hatte, stand öfter mal eine Reise nach Hamburg an. Zum Boxen. Mal verlor er, mal gewann er. Dem Boxpromoter kam es auf Krügers Zuverlässigkeit an. Wenn er gebraucht wurde, dann war Krüger zur Stelle. Immer. Man ließ ihn in einem kleinen Hotel schlafen. Er gehörte auch hier zur Familie. Das tat ihm gut. Das Fundament, auf dem er stand, wurde fester und fester. Er kam nicht mehr ins Wanken, auch nicht nach Niederschlägen. Er war jetzt ein ganz normaler Mensch, wie die anderen um ihn herum. Mit einer Vergangenheit, einer Gegenwart und einer Zukunft. Und er verdiente ein wenig Geld. Die Schulden waren abbezahlt, ja: er konnte sogar etwas zurücklegen. Das war wichtig, denn Toilettenmänner kriegen keine große Rente. Aber darüber machte er sich keine Sorgen. Er war fleißig und solange sein Körper mitspielte, würde er immer etwas verdienen. Und da ihn seine urgewaltigen Kräfte nicht im Stich ließen, konnte er auch weiter Pferde einrenken. Mit Butterbroten von Wilma in der Tasche tuckerte er auf seinem Mofa durch Ostfriesland und erledigte einen Auftrag nach dem anderen. Das sprach sich rum und so wurde Krüger ein gefragter Mann unter den Pferdebesitzern. Er und Wilma kochten zusammen, aßen zusammen, machten Ausflüge an die See. Dort gingen sie ins Café und aßen Mohnkuchen und tranken schwarzen Tee. An Weihnachten schlug Krüger einen Baum und Wilma schmückte ihn mit all den alten Dingen, die ihre Familie im Haus aufbewahrt hatte. Sie hatten es warm und wenn es irgendwo reinregnete, machte Krüger das Loch dicht. Das Leben war perfekt. Die Jahre gingen ins Land. In Hamburg allerdings ging Krüger immer öfter auf die Bretter. Es war Zeit für die Boxerrente. Das musste er einsehen. Er war nicht traurig. Das Alter war ein guter Freund. Von seiner Jugend konnte er das schließlich nicht behaupten. Er hatte im Boxstall eine gute Zeit gehabt, und alle mochten ihn. Eines Tages kam dann der Postmann. Er brachte einen Brief aus Hamburg. Vom Boxpromoter. Ein paar große Scheine waren darin und dann das Größte überhaupt: Eine "lebenslängliche" Ehrenkarte. Krüger durfte sich egal welchen Kampf ansehen, umsonst, auf einem guten Platz. Auch Weltmeisterschaftskämpfe.

Ein solcher stand gerade an. Krüger brauchte noch eine Ausgehhose. Die Zeit, halbnackt durch Gärten zu kriechen und sich seine Sachen von Wäscheleinen zu räubern, war vorbei. Ganz zu schweigen von seinem Manöver auf der Herrentoilette der Dorfkneipe, als er seinen Toilettennachbarn vom Klo hatte purzeln lassen, um dessen Anzughose zu ergattern. Also fuhren Krüger und Wilma einen Tag früher nach Hamburg. Sie machten eine Alsterrundfahrt und gingen dann zu Hamburgs Traditionsherrenbekleider. Dort gab es tausende von Anzügen. Krüger wollte einmal so gut aussehen wie Fred Astaire. Auch wenn er doppelt so breit war. Wilma entpuppte sich als wunderbare Beraterin. Die Wahl fiel auf Dunkelblau. Krügers Körper war ja noch viereckig, bis auf den riesigen Ball, der in seinem Bauch zu wohnen schien, das Sakko also zwei Nummern größer, die Knöpfe konnte man offenlassen.

»Fred Astaire würde neidisch werden«, flüsterte ihm Wilma zu. »Mit dir würde ich überall hingehen.« Krüger bezahlte und er tat es gerne. Das hatte noch gefehlt auf seiner Wunschliste: ein eigener Anzug. Dann fuhren sie in die riesige Sporthalle. Die Arena im Volkspark war das größte Gebäude, das Krüger je betreten hatte. Die Schlange davor war mehrere Hundert Meter lang. Krüger und Wilma gingen einfach daran vorbei. Sie waren heute VIP-Gäste, Wilma hatte ihm erklärt, was das war. Die Security-Männer kannte er aus dem Boxstall. Sie begrüßten ihn per Handschlag und winkten ihn augenzwinkernd durch:

»Schicker Anzug, Krüger. Vor allem die blaue Hose.« Krüger musste lachte. Sie kannten die Geschichte mit der Herrentoilette. Er hatte sie nach dem Boxtraining in der Umkleidekabine preisgegeben, und alle hatten sich totgelacht über Krügers Lösungswege. Krüger und Wilma bekamen gute Plätze, ganz nah am Ring. Das Fernsehen war da, es gab Nationalhymnen und einen spannenden Kampf. Und da saß Krüger: in einem selbstgekauften Anzug, beliebt, gefragt, eingeladen, geliebt. Er lächelte den ganzen Abend. Er hätte nie gedacht, dass man eine zweite Lebenshälfte haben kann, die viel besser ist als die Erste.

Er sah Wilma an und dachte: Die letzte Liebe im Leben muss glücklich sein. Wilma las seinen Blick und lächelte. Zuhause, auch das war neu für Krüger, hatte sie Bücher. Manchmal las sie ihm etwas vor. Er liebte das, auch wenn er sich immer fragte, ob die Geschichten ausgedacht oder wirklich passiert waren.

»Weißt du, was das Schönste ist, was ich je gelesen habe?«, fragte sie Krüger. Er schüttelte den Kopf.

»Liebe ist nicht die Lösung deiner Probleme. Liebe ist die Belohnung dafür, dass du deine Probleme gelöst hast.« Krüger überlegte. Er dachte zurück, an die Eltern, die Schule, den Alkohol und die Schulden.

»Das ist wirklich schön gesagt«, erwiderte Krüger. »Ich liebe dich, meine Kleine.« Er besah seine Fäuste und begann seine Aufzählung: trocken, Daumen auf. Freunde gefunden, Zeigefinger. Schulden bezahlt, Mittelfinger. Keinen Teer mehr im Magen, Ringfinger. Wilma gefunden, kleiner Finger. Die erste Faust war geöffnet. Krüger nahm sich die zweite vor: Trost gefunden, Chiropraktiker für Pferde, das Mofa für die Wege, Ausgehanzug gekauft, kein Halunke mehr. Beide Hände waren geöffnet. Krüger grinste sein breitestes Grinsen. Wozu seine Fäuste doch so alles gut waren.